Mischa Kopmann
32. August

Mischa Kopmann

32. August

Roman

Osburg Verlag

Erste Auflage 2024
© Osburg Verlag Hamburg 2024
Alle Rechte vorbehalten,
insbesondere das der Übersetzung, des öffentlichen Vortrags
sowie der Übertragung durch Rundfunk und Fernsehen,
auch einzelner Teile.
Kein Teil des Werkes darf in irgendeiner Form
(durch Fotografie, Mikrofilm oder andere Verfahren)
ohne schriftliche Genehmigung des Verlages reproduziert
oder unter Verwendung elektronischer Systeme
verarbeitet, vervielfältigt oder verbreitet werden.
Lektorat: Bernd Henninger, Heidelberg
Korrektorat: Hilke Ohsoling, Lübeck
Satz: Hans-Jürgen Paasch, Oeste
Druck und Bindung: CPI books GmbH, Leck
Printed in Germany
ISBN 978-3-95510-356-9

für
meine Geschwister
&
für
Frank

»Qué calor hará sin vos en verano.«

Luis Alberto Spinetta

Inhalt

Das Haus   9

Die Großmutter   15

Pavillon der Träume   27

Der Großvater   41

Blauer Sommer   75

Räuberpistolen   95

Monette   113

Lovesick Blues   125

32. August   143

Letzte Worte   173

Lilia   *185*

Danksagung   191

DAS HAUS

Wenn ich heute an das Haus zurückdenke, braucht es eine Weile, bis ich ein klares Bild vor Augen habe. Alles erscheint mir groß und geräumig und weitläufig. Dabei war das Haus ursprünglich nicht mehr als eine Sommerfrische. Ein Zufluchtsort für gestresste Städter, am Wochenende oder an den Feiertagen, den mein Großvater einem Freund seines Chefs abgeschwatzt hatte, der sich ein Ferienhaus an der Ostsee leisten konnte. Ein schmales, weiß getünchtes Gebäude mit Garten, direkt am Waldrand, in dem nicht mehr als zwei Personen Platz hatten, ohne sich nach spätestens einer Woche gegenseitig auf die Nerven zu fallen. Im Winter war es zugig und man musste aufpassen, dass die Öfen nicht ausgingen, damit die Räume nicht auskühlten und die Fenster von innen beschlugen oder gar einfroren. Wenn man es genau bedenkt, war es vermutlich einzig und allein der Garten, der meine Großmutter davon abhielt, auf die Barrikaden zu gehen und den Großvater loszuschicken, um eine angemessene Bleibe im Dorf für sie zu finden. Und so öffne ich die schmale Pforte, ducke mich leicht unter den herabhängenden Haselnusszweigen und streiche mit der Rechten über den ausladenden Kotflügel des alten *190er Mercedes* meines Großvaters. Baujahr '65. Hellblau. Große Flosse. Lenkradschaltung. Maßgerecht eingeparkt, ganz rechts in der Einfahrt, damit die Fahrertür sich weit genug öffnen ließ, um aussteigen zu können, und der schmale Pfad begehbar blieb, der zum Schuppen führte, in dem ich mich verkroch, an heißen Tagen, weil es dort immer kühl und schattig war. Ich steige die Treppenstufen hinauf und sehe mich um, verstohlen, nach allen Seiten. Dann lege ich die Hand auf die Klinke der Haustür, die niemand je abschloss,

weil niemand auf dem Lande je Grund dazu hatte. Ich
drücke die Klinke herunter und öffne die Tür. Im Flur
alles wie immer. Die altmodische zitronengelbe Tapete.
Die kleine Anrichte mit dem Spiegel rechts neben der
Esszimmertür. Das Bild an der Wand gegenüber, links
von der Wohnzimmertür, das eine Herde friedlich gra-
sender Pferde unter aufgewühltem blauem Abendhimmel zeigt, der schmale Läufer auf dem Steinfußboden.
Zuerst werfe ich einen Blick ins Esszimmer: der Tisch
mit der feierlichen weißen Tischdecke darauf, je ein
Stuhl an den Enden, je zwei Stühle an den Längsseiten.
Das große Buffet an der Wand links, in der das gute
Geschirr aufbewahrt wurde, das nur an Sonn- und Feiertagen oder bei Besuch hervorgeholt wurde. Auf der
anderen Seite des Flurs die ins Holz eingelassene Tür
des Verschlags unter der Treppe. Das Nähzimmer, eine
kleine, enge Kammer, geheimes Reich meiner Großmutter: Eine Nähmaschine, ein Stuhl davor, ein Nähkasten.
Ein gerahmtes Bild der Eltern meiner Großmutter an
der Wand. Schwarz-weiß, unscharf, grobkörnig. Menschen aus einer anderen Zeit. Am Ende des Flurs rechts
die Küche, unerwartet klein und weiß und spartanisch.
Links die winzige Gästetoilette. Dazwischen die Tür
zum Wohnzimmer, in dem es angenehm warm ist,
weil die Sonne hereinscheint durch die breite Glasfront
vor dem Garten und der Terrasse. Alles hier ist wie es
immer war: Die Wanduhr, die träge die Sekunden tickt.
Die Stehlampe mit der Kordel, die man ziehen musste,
um das Licht an- oder auszuschalten. Das Regal an der
Wand links, das die Bücher und Schallplatten der Großmutter beherbergt. Auf dem Tisch die Obstschale und
ein Korb mit Wollknäueln in allen möglichen Farben.

Der Ohrensessel vor dem Fenster, in dem mein Großvater an Sonntagen die Zeitung las. Das Sofa, auf dem
meine Großmutter ihren Mittagsschlaf hielt, mit einer
rotkarierten Wolldecke über den Beinen. Jenseits der
Glasfront auf der Terrasse der weiße Tisch mit der
bunten Wachstuchdecke, an dem wir an schönen Som-
mertagen den selbstgebackenen Kuchen der Großmutter aßen, die verstohlen von einem zum anderen sah
und hastig einen Klecks Sahne in ihren Kaffee rührte,
während der Großvater und ich angestrengt so taten,
als bekämen wir nichts davon mit. Leise schließe ich
die Wohnzimmertür, durchquere den Flur und steige
die Treppe hinauf, in die obere Etage. Leicht gewun-
den, vierzehn Stufen, knarrend und knarzend, die in
einen quadratischen Raum führen, von dem drei Türen
abgehen. Links das Schlafzimmer der Großeltern, das
ich nie betreten habe und auch jetzt nicht betrete. Gera-
deaus, direkt gegenüber der Treppe, das Badezimmer.
Waschbecken. Toilette. Badewanne. Ein Fenster in der
Dachschräge mit Blick auf die Felder der Familie Opsahl
von nebenan. Klatschmohn und Kornblumen an den
Feldrändern. Rechts von der Treppe das Gästezimmer.
Mein Reich. Und das des Großvaters. Wenn keine Gäste
da waren. Hier, in einem Regal unter der Dachschräge,
hortete er seine Schätze: Alte Ausgaben des *Spiegel*,
ganze *Jerry-Cotton*-Jahrgänge, Modellbauflugzeuge, ein
paar Pokale und Medaillen, die er als Jugendlicher beim
Schach und beim Schlittschuhlaufen gewonnen hatte.
Eine Zigarrenkiste mit bunten ausländischen Scheinen
und fremdartigen Münzen. US-Dollars. Alte englische
Pfund. Französische Francs. Reichsmark, Ostmark und
Westmark. Brasilianische Reals. Uruguayische Pesos.

Gegenüber der Tür das Fenster mit den weißen Spitzengardinen, das direkt über dem Hauseingang liegt. Vor dem Fenster der Schreibtisch. Links neben dem Schreibtisch das Bett. Ein paar verstreute Comics auf dem Boden. *Phantom. Lone Ranger. Lucky Luke.* Am Fußende des Bettes der alte, rot gestrichene Schrank, dessen Türen sich mit einem Quietschen öffnen. Fast leer. Bis auf einen schwarzen Cowboyhut mit Sheriffstern auf der Ablage über der Kleiderstange, an der eine Reihe leerer Bügel hängt, von denen keiner dem anderen gleicht. Ein Fernglas an einem Haken. Ein mit Tesafilm an die Rückwand gehefteter Zeitungsausschnitt: Das bis zur Unkenntlichkeit ausgeblichene Foto einer üppigen Strandschönheit. Ein paar Puzzles und ein *Malefiz*-Spiel übereinandergestapelt auf dem Boden. Sachte schließe ich die Schranktür und sehe mich ein letztes Mal um, bevor ich den Rückzug antrete, aus dem Zimmer, die Treppe hinunter, aus der Haustür, die ich offen stehen lasse, aus der Pforte, die mit einem trockenen Klacken hinter mir ins Schloss fällt.

Die Großmutter

Es war nicht das erste Mal, dass ich zu den Großeltern kam. Doch schlugen die Wellen in jenem Sommer zu Hause so hoch, dass ich noch am Donnerstag direkt nach Schulschluss in den Zug gesetzt wurde. Eine Fahrt von fünfundvierzig Minuten. Ein heißer Julitag. Die ausgelassenen Schüler um mich herum, die nach und nach ausstiegen, bis ich als Einziger im Waggon übriggeblieben war. Schließlich der Bahnsteig, vertraut und verschlafen inmitten der Felder. Eine einzige unscheinbare Person, klein und drahtig, mit kurz geschnittenem Haar und vor der Brust verschränkten Armen im Schatten des Wartehäuschens. Meine Großmutter.

»Endstation«, sagte der Schaffner, der durch die Sitzreihen strich, eine Greifzange in der einen, einen grauen Plastiksack in der anderen Hand, um die Butterbrotpapiere und leeren Coladosen, die dreieckigen Milch- und Kakaotüten aufzusammeln, die überall verstreut auf dem Boden und auf den Bänken herumlagen.

Am Zaun vor dem Bahnhof lehnten die Fahrräder der Großeltern. Das dunkelgrüne Damenklapprad der Großmutter mit dem ausladenden Korb am Lenker, das schwarze Hollandrad des Großvaters, das er vor Jahren dem Schornsteinfeger abgekauft hatte. Der Großvater hatte seines am Morgen vor der Arbeit hergebracht, damit ich am Mittag damit fahren konnte. Eine Strecke von etwa zwei Kilometern, quer durchs Dorf. Den Umweg ums Schwimmbad herum, um die Ampel zu nutzen und die vielbefahrene Landstraße sicher zu überqueren. Dann ein Stück zurück auf der anderen Straßenseite und links ab in die belaubte Kopfsteinpflasterallee, die nach der ersten Kurve zu einem Sandweg wurde, an dessen Ende ganz hinten rechts sich das Haus meiner Großeltern befand. Ich war den Weg so oft gefahren, dass ich ihn mit verbundenen Augen hätte zurücklegen können. Viel sprachen die Großmutter und ich nicht unterwegs. Erst als wir Opsahls Hof passierten, etwa zweihundert Meter vor dem Ziel, drehte sich die Großmutter zu mir um.

»Du hast sicher Hunger«, sagte sie. »Am besten machst du dich erst mal frisch, wenn wir ankommen. Und bringst deine Sachen rauf in dein Zimmer. In der Zwischenzeit mache ich das Mittagessen.«

»Was gibt es?«, fragte ich.

»Pfannkuchen«, sagte die Großmutter und stieg vom Rad. »Mit Zimt und Zucker und drei Sorten Johannisbeeren frisch aus dem Garten. Rot und schwarz und weiß.«

Was wusste ich schon von meinen Großeltern? Sie waren alt, irgendwo in den Fünfzigern, und lebten in einem Kaff auf dem Lande. Oder besser gesagt: Am Rande eines Kaffs auf dem Lande. Abseits der Dorfstraße, am Ende eines kleinen, ungepflasterten Wegs. Das letzte Haus vor der Wildnis, wie meine Großmutter zu sagen pflegte. Dahinter: nichts als Wald und Wiesen und Wildschweine. Meine Großmutter war die Mutter meiner Mutter. Mein Großvater, den ich nur selten zu Gesicht bekam, hatte in die Familie eingeheiratet, als meine Mutter drei Jahre alt war. Meine Mutter sagte, niemand wäre je sicher gewesen, ob er ihr leiblicher Vater sei. Obwohl meine Großmutter dies zeit ihres Lebens steif und fest behauptete.

»Dein Vater ist der einzige Mann in meinem Leben gewesen. Jemals«, antwortete sie meiner Mutter jedes

Mal, mit einer Stimme, die deutlich machte, dass Widerspruch nicht in Frage kam.

Trotz ihrer Strenge war ich nicht ungern bei der Großmutter. Mit ihr bekamen die Tage einen klaren, abgesteckten Rahmen. Morgens hörte ich sie in der Küche hantieren, in aller Herrgottsfrühe. Das Klappern des Geschirrs, die gedämpften Stimmen, wenn sie sich mit meinem Großvater unterhielt. Die leise, scheppernde klassische Musik aus dem Transistorradio. Nach einer Weile stand ich auf und sah durch den Spalt zwischen den Vorhängen aus dem Fenster der Dachkammer, in der ich übernachtete. Der knallblaue Himmel. Die grünen Wipfel der Bäume, die sich sacht im Wind bewegten. Die Vögel auf den Stromleitungen zwischen den hölzernen Masten am Straßenrand. Dann legte ich mich wieder hin und döste. Dachte an Lilia Kronstad. Ihr kastanienbraunes Haar. Ihre Lippen. Den leichten Überbiss, wenn sie lächelte. Bis die Großmutter klopfte, kurz und zackig, bevor sie mit einem Räuspern die Tür öffnete. Sie schob die Vorhänge auseinander und öffnete die Fenster. Sie sammelte die Bücher und Comics vom Fußboden auf, nahm die Sachen, die sie am Abend zuvor über die Stuhllehne gehängt hatte, und legte sie ans Fußende des Bettes.

»Guten Morgen«, sagte sie und setzte sich auf die Bettkante. Sie lächelte. Dieses kleine, unmerkliche Lächeln, das sie, wie ich wusste, nur für mich reservierte. Und für ihren Mann. An besonderen Tagen. Zu besonderen Gelegenheiten. Sie strich mir das Haar aus der Stirn, die Hand klein und fest und rau von der Haus- und Gartenarbeit.

»Dein Großvater ist schon los«, sagte sie. Oder:

»Das Frühstück wartet schon.« Oder:

»Die Kuh von Opsahls hat gekalbt. Vielleicht gehen wir nachher rüber und sehen uns das Kleine an.«

Dann stand sie auf und strich die Schürze glatt, die sie von morgens bis abends trug und nur zum Mittagsschlaf abnahm. Etwas unschlüssig stand sie da.

»Nun aber raus aus den Federn!«, sagte sie und klatschte zweimal in die Hände.

Am Vormittag werkelten wir im Garten, mähten Gras, pflückten Kirschen, sammelten das heruntergefallene Obst auf, wässerten das Gemüse in dem Beet, das die Großmutter am Rand des Gartens angelegt hatte, mit kleinen Wegen zwischen den einzelnen Abschnitten und einer Vogelscheuche in der Mitte, mit Knöpfen als Augen, einem breiten, aufgemalten Mund, einem alten Besenstiel in der Hand und einem umgedrehten Kochtopf auf dem Kopf. Oder wir nahmen die Räder und fuhren ins Dorf, wo wir die Läden rings um den Marktplatz abklapperten. Wir kauften Briefmarken in der Post, eine Radio- und Fernsehzeitschrift im Tabakwarenladen, die fehlenden Zutaten fürs Mittagessen bei *Pendinger*, dem Kaufmann am Platze. Eine Weile saßen wir auf der Rundbank am Brunnen und aßen Eis, das Raimondo, ein Italiener, den es nach dem Krieg ins Dorf verschlagen hatte, mit singender Stimme aus einem dickbäuchigen Wagen auf drei Rädern heraus verkaufte, den er, wie die Großmutter mir erzählte, selbst zusammengezimmert und angemalt hatte. Oder wir gingen in den Wald und sammelten Kräuter. Oder Brombeeren. Oder Walderdbeeren, die meine Großmutter zu Kompott oder Marmelade verarbeitete. Dann Punkt halb zwölf nahm sie die Schürze vom Haken und verschwand in ihr Reich. Der Küche. Ich wusste: Mir blieb eine Stunde bis zum Mittagessen. Also schlich ich ins Wohnzimmer und stellte den Fernseher an, so leise wie möglich, damit die Großmutter es nicht hörte. Oder ich ging raus in den Garten und las. Manchmal schlief ich ein, im Schatten der großen Rotbuche am äußersten Rand des Grundstücks. So tief und fest und traumlos, wie ich nur am Tage schlafen konnte. Bis ich die Stimme meiner Großmutter hörte, von irgendwoher, weit entfernt, dann lauter und lauter, und ich die Augen aufschlug.

»Nun aber zack-zack«, sagte sie, einen Kochlöffel schwingend, als wäre es ein Zauberstab. »Und Hände waschen nicht vergessen, sonst gibt es keinen Nachtisch!«

Der Wald. Grün und braun und geheimnisvoll. Hier, im kühlen Schatten der Birken und Kiefern, verbrachte ich die Stunden, in denen die Großmutter ihren Mittagsschlaf hielt, mit Zeitung und Lesebrille und Wolldecke, auf dem Sofa im Wohnzimmer, die Vorhänge zugezogen, wenn die Sonne hereinschien. Ich folgte den Trampelpfaden, tief ins Dickicht hinein. Saß auf den notdürftig zusammengezimmerten Holzbänken windschiefer Hochsitze und beobachtete die Umgebung mit dem Feldstecher meines Großvaters. Zog mich aus, splitternackt, und badete im Waldsee, in dem eine Meerjungfrau lebte, wie meine Großmutter standhaft versicherte, die nur darauf wartete, mich zu packen, an den Fußgelenken, und mich hinabzuziehen, in ihr Reich aus winzigen weißen Muscheln, blitzenden Glasscherben

und silbernen Kronkorken, um mir einen der unge-
zählten Eheringe anzustecken, die irgendjemand beim
Baden verloren oder aus Enttäuschung in den See geworfen hatte. Und tatsächlich: Es kribbelte an den Fußgelenken und unter den Rippen, wenn ich mir vorstellte, beim
Schwimmen, mitten im See, die Meerjungfrau tauchte
auf, um für immer mit mir abzutauchen. Ich ließ mich
in einem Sonnenfleck am Ufer trocknen, zog mich an,
band die Schnürsenkel meiner Turnschuhe zusammen,
in die ich die Socken gestopft hatte, und machte mich
auf den Rückweg. Manchmal begegnete ich Tieren.
Hasen. Rehen. Herumstreunenden Hunden, hechelnd,
mit heraushängender Zunge, die an mir vorbei trotte-
ten und mich keines Blickes würdigten. Hin und wieder
ein Fuchs, zinnoberrot in der hochstehenden Sonne, der
die spitzen Ohren aufstellte und mich musterte, einen
Moment, bevor er seinen Weg fortsetzte und in den
Büschen verschwand. Einmal, ein einziges Mal, begegnete ich einem Wolf. Einen Moment standen wir uns
gegenüber, im Abstand von etwa hundert Metern, starr
vor Schreck. Beide. Sehr langsam wendete ich den Kopf,
nach beiden Seiten, um mich nach Fluchtmöglichkei-
ten umzusehen. Der Wolf, der rabenschwarz war und
sehr dünn und sehr majestätisch, machte einen stolzen
Schritt auf mich zu. Dann legte er den Kopf schief und
lauschte. Ruckartig drehte er ab und lief seiner Wege.
Als ich meiner Großmutter davon erzählte, schüttelte sie
den Kopf und sagte:

»Was du gesehen hast, war Hektor, der Hund von
Hareis aus dem Ostdorf. Streunt hier immer in der
Gegend herum, weil sie ihn nicht wie die anderen an die
Kette legen.«

Ich wusste: Jeder Protest war zwecklos. Also hielt ich den Mund. Ich wusste, wie Hektor aussah. Und ich wusste, dass das Tier, das ich gesehen hatte, nicht Hektor war. Menschen begegnete ich nur selten auf meinen Wegen. Dem Förster hin und wieder, mit dem Gewehr auf dem Rücken, der die Hand zum Gruß an den Jägerhut legte. Wanderer, die vom Weg abgekommen waren und umständlich mit Landkarten hantierten oder es aufgegeben hatten und etwas peinlich berührt nach dem Weg fragten. Waldarbeiter, rauchend, in orangen Westen, mit Äxten und Sägen, aufgereiht auf Stapeln aus Holzstämmen, die sie frisch geschlagen und geschält hatten. Landstreicher, mit einem abgebrochenen Ast als Wanderstock und einem Schäferhund, der gut genährt und gepflegt aussah, ganz im Gegensatz zu seinem Herrchen. Einmal entdeckte ich ein Liebespaar, auf einem Damm hinter dichten Hagebuttensträuchern. Ich spähte durch die Zweige einer Kiefer und sah, wie sie sich küssten. Der Mann schob eine Hand unter die Bluse der Frau. Ein anderes Mal sah ich Jakub, der uns die Milch brachte, dienstags und donnerstags, auf einem Baumstumpf am Rande des Karpfenteiches, der der Familie gehörte. Er hatte die Beine angezogen und den Kopf auf die Knie gelegt. Seine Schultern hoben und senkten sich. Als er aufsah und nach der Flasche griff, die neben ihm im hohen Gras stand, wischte er sich die Tränen von der Wange. Dann nahm er einen Schluck. Zuerst wollte ich der Großmutter davon erzählen, doch nach der Sache mit dem Wolf hatte ich beschlossen, Begegnungen dieser Art lieber für mich zu behalten. Außerdem fühlte es sich nicht richtig an, ihr davon zu erzählen. Mir tat Jakub leid. Ein wenig schämte ich mich für ihn. Und ein wenig auch für mich. Nie hatte ich Angst allein im Wald. Nur einmal wurde es gefährlich. Ich war spät dran und nahm eine Abkürzung auf dem Rückweg, weil ich wusste, die Großmutter mochte es nicht, wenn ich zu spät zum Kaffee kam. Ich lief über die alten, zugewachsenen Bahngleise hinter Tannholz' Scheune, überquerte das kahle, abgemähte, im Sonnenuntergang glühende Gerstenfeld, zwängte mich durch die Lücke im Stacheldrahtzaun bei der alten Pferdewanne und lief quer durch das letzte Waldstück Richtung Landstraße, als ich plötzlich einem Rudel Wildschweine gegenüberstand. Beschwichtigend hob ich die Hände. »Keine Angst«, sagte ich, so ruhig wie möglich, »ich tue euch nichts.« Als wären die Wildschweine diejenigen, für die es gefährlich geworden wäre. Dann trat ich den Rückzug an. Langsam. Schritt für Schritt. Die Hände noch immer erhoben, sah ich mich um, damit ich nicht stolperte oder an einem Dornenstrang hängenblieb. Zwölf Augenpaare, dunkel und unbewegt, die mich anstarrten, reglos. Ein knackender Ast unter meiner Sohle, der die Tiere und mich zusammenfahren ließ.

»Sch –«, machte ich und setzte meinen Weg fort. Im Rückwärtsgang. Einen Schritt nach dem anderen. Bis ich das freie Feld erreichte, mich umdrehte und rannte und rannte und rannte —

Niemand kochte oder backte wie die Großmutter. Niemandem war es erlaubt, ihr Reich zu betreten, solange sie darin wirkte, es sei denn mit sauberen Händen, sauberer Kleidung, sorgfältig gekämmtem Haar. Und selbst dann nur nach ausdrücklicher Aufforderung und eingehender Kontrolle. Nur an Weihnachten ließ sie mich freimütig helfen, bei der Zubereitung der Naschereien, die sie, fein säuberlich verpackt, an die Verwandten verschickte. Butterkekse, in Herz-, Stern- oder Mondform, verziert mit bunten Streuseln, Zuckerguss und Liebesperlen. Nussmakronen. Kokosmakronen. Zimtsterne. Vanillekipferl. Spritzgebäck. Spitzbuben und Engelsaugen. Die ganze Küche voller Utensilien: Backofenbleche, Kochtöpfe, Rührschüsseln, Schneebesen, Messbecher. Eierkartons, in denen sich die zerbrochenen Schalen sammelten, Mehl-, Salz- und Zuckertüten. Eine altmodische Waage mit verschieden großen Gewichten, wie ich sie von den Marktfrauen aus der Stadt kannte. Puder- und Vanillezucker. Butter. Anis. Kardamom. Zimt. Oblaten. Geriebene Orangen- und Zitronenschalen. Mandeln, ganz, gehackt oder geraspelt. Haselnüsse und Walnüsse und Pekannüsse. Aus den Überresten unserer Zutaten errichteten wir ein Hexenhaus. Mit Lebkuchenwänden und bunten Pfeffernussfenstern, einer Tür aus Spekulatius und einer Wattewolke, die aus einem Waffelschornstein aufstieg. Nur Marzipan kam der Großmutter nicht in die Küche.

»Dein Großvater«, sagte sie, »kann nicht genug bekommen von dem Zeug. Mir wird schon schlecht, wenn ich nur daran denke.«

Pavillon der Träume

Den Pavillon entdeckte ich auf einem meiner Streifzüge durch den Wald. Dass ich ihn all die Jahre übersehen hatte, lag daran, dass er ganz am Rande der verwilderten parkähnlichen Gärten der verfallenen Villa lag, um die sich, wie ich wusste, Legenden rankten. Stahlbaum, ein reicher Kaufmann aus dem Süden des Landes, so hieß es, sei eines Tages im Dorf aufgetaucht, in einer Luxuslimousine, mit seiner blassen, wunderschönen, von Migräne und Blutarmut geplagten Frau und vier großgewachsenen, fast ebenso schönen und ebenso blutarmen Töchtern. Die Familie hätte sich umgesehen, die notwendigen behördlichen Vorkehrungen in der Kreisstadt getroffen, eine Woche lang Abend für Abend im Speisesaal des *Herzogs*, des besten Hotels am Platze, diniert und eine Armada von Außen- und Innenarchitekten aus nah und fern empfangen, mit dem Auftrag, die Villa eins zu eins nach den Plänen seines Besitzers aufzubauen und auszustatten. Zwei Jahre hatte es gedauert, bis die Arbeiten abgeschlossen waren. Dann war die Familie eingezogen. Die Töchter gingen, quer übers Land verteilt, aufs Internat. Die Frau sah man manchmal im Wald umherstreifen, mit einem Bastkorb am Armgelenk, in dem sie Beeren, Pilze und Kräuter sammelte. Den Kaufmann sah man so gut wie nie. Bis er, so die Legende, eines Nachts im August seine Frau ermordete. Und zwei seiner Töchter. Die älteste und die jüngste.

»Ich erinnere mich genau«, sagte der Großvater, »es war den ganzen Tag schwül gewesen. Am Himmel zuckten die Blitze. Ansonsten war es still. Alles unbewegt. Kein Lufthauch. Dann kam der Wind. Und der Donner. Und der Regen. So laut, dass man die Schüsse nicht hörte, als Stahlbaum seine Pistole leerfeuerte.«

»Du mit deinen Spukgeschichten«, sagte die Großmutter, »machst den Jungen ganz verrückt damit.«

Die Frau und die beiden toten Töchter wurden in
ihrer Heimat beigesetzt. Den Kaufmann sah niemand
je wieder. Es hieß, er sei in der Geschlossenen gelandet.
Oder in der Hölle. Auch die beiden überlebenden Mädchen sah man nie wieder. Das Haus wurde verkauft. An
eine Familie, die kurz darauf wieder auszog. Angeblich
war ihnen der Geist der Jüngsten erschienen. Danach
wollte niemand mehr in das Haus ziehen und es blieb
sich selbst überlassen. Über Jahre und Jahrzehnte. Als
ich es das erste Mal sah, mit sechs oder sieben, hinter
dem windschiefen, von Weiden und Windrosen über-
wucherten Zaun, war es bereits verfallen.

»Dass du mir ja keinen Fuß da hineinsetzt«, sagte die
Großmutter, »nicht, dass das Ding noch über dir ein-
stürzt.«

»Stimmt«, sagte der Großvater, »und außerdem wim-
melt es da nur so von Gespenstern.«

Ich hielt mich an die Warnungen der Großeltern. Aus
dem einen wie aus dem anderen Grund. Trotzdem zog
es mich immer wieder dorthin. Und dann entdeckte
ich den Pavillon: ein sechseckiges weißes Gebilde, mit
großen staub- und blütenstaubverschmierten Fenstern
und einem Kuppeldach. Ich zog den Riegel zurück und
drehte den Knauf. Mit einem Knarren schwang die Tür
auf. Blätter, trocken, vergilbt und zusammengerollt,
raschelten vom Wind bewegt über den Steinboden. Ich
sah mich nach allen Seiten um. Dann trat ich ein.

Im Pavillon war es warm und windgeschützt. Es roch
nach Sonne und nach Staub und nach verbranntem

Holz. Spinnweben hingen über den übereinandergestapelten weißen Korbstühlen rechts neben der Tür. Auf dem weißen Korbtisch in der Mitte des Raumes stand eine schmale, konisch zulaufende, schieferfarbene Blumenvase mit einer einzelnen, hoffnungslos vertrockneten Rose darin. Bei der leisesten Berührung zerbröselte sie mir in den Fingern. Ich nahm den obersten Sessel vom Stapel, befreite ihn von den Spinnweben und setzte mich hinein. An den Wänden eine Reihe Daten und Inschriften: *Harri war hier, 24/01*, die Buchstaben *A & M* in einem Herz. Über den Fenstern, zwischen Wänden und Decke, kleine Vierecke aus Buntglas. Flirrendes Sonnenlicht auf den Möbeln und auf dem Fußboden. Der Gedanke, dass niemand wusste, wo ich war, erregte mich. Gleichzeitig fühlte ich mich schläfrig und wie benommen. Mein Herz schlug schnell und ein Kribbeln lief mir das Rückgrat hinunter. Ich stand auf und blickte durch sämtliche Fenster. In sämtliche Richtungen. Dann zog ich mich aus. Ich setzte mich zurück auf den Sessel, verschränkte die Arme hinter dem Kopf und sah aus dem Fenster, den tiefen blauen Augusthimmel, an dem der Wind ein paar einzelne ausgefranste Wolken vor sich hertrieb. Meine Sehnsucht süß und traurig und einschläfernd. Ich lauschte dem Gesang aus der Villa, knackend und knisternd, als spielte jemand eine uralte Schellackplatte auf einem Grammophon ab. Schmetterlinge und Falter erhoben sich in allen Farben und schwirrten um die Lampe an der Decke, die eine Laterne war. Mit dem aufgemalten Gesicht einer gütig lächelnden Sonne. Dann sah ich den roten Vogel. In meinem Herzen. Auf meiner Brust. Fetzen von Landkarten, Kalenderblättern, Notenblättern, Opernpartituren, die in der stickigen, hitzeschweren Luft hingen, wie Uhren an unsichtbaren Fäden. Der Vogel, der mir Luft zufächelte, mit kühlen, samtenen Federn und sich niederlegte, sanft und tröstlich, dass ich wusste, alles würde gut werden, alles, alles würde gut. Und plötzlich wusste ich, wer den roten Vogel geschickt hatte —

Lilia
in jeden Staubfilm
jedes sommerwarmen
Fenstervierecks
schreibe ich
deinen Namen
in jede Stille
zwischen zwei Herzschlägen
lasse ich die fünf Buchstaben fallen
die dich buchstabieren
die
lockenden
lustvollen
l`s
am Anfang und in der Mitte
die i`s die sie rahmen
das sanfte
anmutig
ausschwingende
a
am Ende
hier
Lilia
bist du ganz bei mir
weil ich
ganz
bei
mir
bin.

Der Lehrer führte sie herein, Anfang der 7. Klasse. Die neue Mitschülerin, die er am Tag zuvor angekündigt hatte, wie beiläufig, beim Läuten der Schulglocke nach der letzten Stunde.

»Ach ja«, sagte Schragenheim, in die allgemeine Aufbruchsstimmung hinein, »morgen bekommt ihr eine neue Mitschülerin.«

Irgendjemand pfiff durch die Zähne.

»Ist sie hübsch?«, fragte Ivens Zeiber, der sich eine solche Frage leisten konnte, weil er gute Noten nach Hause brachte und die Lehrer ihn mochten.

»Diesbezüglich, lieber Ivens«, sagte Schragenheim, »wirst du dich bis morgen gedulden müssen. Aber den Namen der neuen Schülerin kann ich euch verraten. Sie heißt –« Schragenheim kramte in dem Papierstapel auf seinem Pult, »wo habe ich es denn? Ah, hier. Sie heißt – Lilia.«

»Lydia?«, fragte Ivens.

»Li - li - a«, sagte Schragenheim, sehr deutlich und akzentuiert. »Zwei l, zwei i, ein a. Lilia Kronstad. Sie kommt aus Buenos Aires zu uns. Wer weiß, in welchem Land Buenos Aires liegt?«

Irgendwie wollte sie mir nicht aus dem Kopf gehen, am Nachmittag nach Schragenheims Ankündigung. Mein Herz machte Sprünge, wenn ich an sie dachte. Dabei hatte ich sie noch nie gesehen. Als sie dann vor uns stand, im sanft einfallenden Sonnenlicht eines frühen Septembermorgens, musste ich mich erst mal an ihren Anblick gewöhnen. Vielleicht war ich auch nur von der Sonne geblendet.

»Dies ist Lilia«, sagte Schragenheim und legte eine behaarte Hand auf Lilias schmale Schulter. »Sie ist mit ihren Eltern aus Argentinien zu uns gekommen, wo sie zwei Jahre –« Er sah auf Lilia herab, die stumm und ergeben dastand und nickte. »Zwei Jahre gelebt hat.«

»Und wo hat sie vorher gelebt?«, fragte jemand.

»Das fragst du sie am besten selbst«, sagte Schragenheim.

»Hier«, kam Lilia der Frage zuvor. »Geboren bin ich in Schweden«, sagte sie, in völlig akzentfreiem Deutsch. »Als ich fünf war, sind wir nach Deutschland gezogen. Und dann, nach der Grundschule, nach Buenos Aires.«

»Das heißt, du bist Schwedin?«

»Zur Hälfte«, sagte Lilia, mit dieser für sie typischen, immer etwas heiseren Stimme und einem fast unhörbaren Lispeln. »Mein Vater ist Schwede. Meine Mutter ist Argentinierin.«

Sie ließ den Blick über die Klasse schweifen. Für einen Moment sah sie mich an.

»Noch weitere Fragen an eure Mitschülerin?«, wollte Schragenheim wissen.

Die Klasse behandelte Lilia, als wäre sie ein Wesen von einem anderen Stern. Und von unserer provinziellen Kleinstadtperspektive aus gesehen war sie das auch. Die Mädchen umschwärmten sie. Die Jungs liefen rot an und blickten zu Boden, wenn Lilia das Wort an sie richtete. Die Lehrer huldigten ihr. Sahen es ihr nach, wenn sie zu spät aus der Pause kam oder Kaugummi kaute im Unterricht. Lange Zeit tat ich so, als würde ich mich nicht für Lilia interessieren. Redete mir ein, sie sei aufgeblasen und arrogant. Doch ich merkte: Je vehementer ich sie mir auszureden versuchte, desto mehr Raum nahm sie in meinen Gedanken ein. Bis ich irgendwann an nichts anderes mehr denken konnte. Wenn die Dinge aus dem Ruder liefen zu Hause, setzte ich Kopfhörer auf und dachte an Lilia. Wenn ich eine Fünf in Mathe nach Hause brachte, ertrug ich die Tiraden der Eltern und verschwand auf mein Zimmer. Schloss die Tür von innen ab und setzte mich ans Fenster. Ließ den Blick schweifen, über die Dächer und Schornsteine und Baumkronen in Richtung des Stadtteils, in dem sie wohnte. Fuhr mit dem Fahrrad dorthin, eines Samstagnachmittags, direkt an ihrem Haus vorbei, das still und verlassen am Ende einer von Pappeln gesäumten Allee lag. Ein Mann stand vor dem Haus, auf einen Besen gestützt, und rauchte. Als ich vorbeifuhr, legte er die Hand an die Stirn und grüßte.

Dann, Ende der 7., fast ein Jahr, nachdem Lilia in die Klasse gekommen war, passierte das nie für möglich Gehaltene: Lilia sprach mich an. In der Pause. Vor der Deutschklausur.

»Du kannst mir nicht zufällig einen Überblick geben, was in dem Ding so passiert?«, fragte sie und hielt ihr *Reclam*-Heft hoch.

Immer hatte ich gefürchtet, dass dieser Moment kommen würde, früher oder später. Immer war ich mir sicher gewesen: Ich würde genauso reagieren, wie alle Jungs reagierten, wenn Lilia sie ansprach. Doch dann war alles ganz anders. Es war, als hätte ich nur darauf gewartet. Als hätte ich mich darauf vorbereitet, ein ganzes Jahr, stillschweigend, um im kritischen Moment gewappnet zu sein.

»Doch«, sagte ich, »kann ich.«

Danach war alles anders. Lilia lächelte, wenn ich am Morgen in die Klasse kam. Lilia winkte, wenn ich mittags nach Hause ging. In der Klasse wurde gemutmaßt und gemunkelt. Manchmal saßen wir zusammen in der großen Pause auf der Mauer vor der Sporthalle. Oder wir standen vor der Klasse, im Flur, in der kleinen Pause, und unterhielten uns. Über alle möglichen Dinge. Klamotten, Filme, Musik. Lilia kannte Bands, deren Namen ich nie gehört hatte. Eines Tages brachte sie mir eine Platte mit, die sie in Argentinien gekauft hatte.

>*Todas las hojas*
son del viento«,

sang sie, mit ungewohnt hoher, melodischer Stimme.
Ich hatte sie noch nie spanisch sprechen hören.

Zu Hause hörte ich die Platte. Immer und immer wieder. Die Musik klang schwirrend und schön und unwirklich. Das Cover war knallgrün mit einem gelben Sonnenfleck darauf. Oben in der Ecke, so hatte Lilia mir erzählt, das Schwarz-Weiß-Bild eines französischen Dichters. Als wir die Deutscharbeit zurückbekamen, bei der ich Lilia geholfen hatte, drehte sie sich zu mir um und warf mir, für alle sichtbar, eine Kusshand zu. Am nächsten Tag gab ich ihr die Platte zurück.

»Darfst du behalten«, sagte sie leichthin, »aber nur, wenn du mir deine Lieblingsplatte leihst.« Sie sah mich an, aus ihren wunderschönen, glasklaren, unergründlichen Augen, so blau wie das Meer zwischen hier und Buenos Aires. »Über die Weihnachtsferien«, sagte sie und klang ein wenig traurig dabei. »Dann bekommst du sie wieder.«

Niemandem erzählte ich von Lilia und doch sprach es sich herum. Die Lehrer gaben unverhohlen Kommentare ab, die Mitschüler flüsterten hinter vorgehaltener Hand. Meine Mutter wurde beim Elternsprechtag vom Klassenlehrer darauf angesprochen:

»Wir vermuten, es gibt einen Grund dafür, dass Leos Leistungen in letzter Zeit nachgelassen haben.«

Ich schwieg. Eisern. Zu allem. Weil ich wusste: Niemand würde es verstehen. Niemand würde mich ernst nehmen. Einen Dreizehnjährigen, der vorgab, ein gleichaltriges Mädchen zu lieben. Denn das, so wusste ich, war es, was alle dachten insgeheim: Mit gerade mal dreizehn weiß der Junge doch nichts von der Liebe. Und vielleicht hatten sie recht. Im praktischen Sinne. Was wusste ich schon von all den Dingen, die mit der Liebe einhergingen? Den ersten verschämten Küssen und Berührungen, den ersten verstohlenen Momenten der Begierde, dem Reiben nackter Haut an nackter Haut, den ersten heimlichen Nachmittagen der Lust, wenn die Eltern aus dem Haus waren, den Liebesschwüren und Versprechungen und grenzenlosen Verheißungen? All diese Dinge ahnte ich allenfalls, sehnte sie herbei, voller Ungeduld und Angst. Doch eins wusste ich, so sicher wie ich nie etwas gewusst oder gefühlt hatte: Es war Liebe, was ich für Lilia Kronstad empfand. Was immer die Erwachsenen denken oder sagen mochten. Niemals hätte ich Lilia verraten oder verlassen oder für eine x-beliebige andere aufgegeben. Weil es immer nur sie gab. Weil es immer nur sie war. Weil die Liebe, die ich für sie empfand, tief im Herzen, rein und heiß und unschuldig und ewig, nur ihr allein galt und niemandem sonst.

Dabei beließen wir es. Ich schenkte ihr meine Lieblingsplatte. Sie schenkte mir ihre. Sie gab mir ein Bild, das sie gemalt hatte: Ein roter Vogel mit schief gelegtem Kopf, eine Beere im Schnabel, die funkelte wie eine Perle. Ein Meer aus Blumen. Eine Landschaft wie Wellen. Eine Sonne am ausgewaschenen Himmel, die aussah wie zerkratzt. Am letzten Schultag vor den großen Ferien nahm ich all meinen Mut zusammen und sagte, ich würde sie vermissen über die lange Zeit, die uns bevorstand. Sie sagte, sie würde mich auch vermissen, in ihrem Ferienhaus in Schweden, in dem sie die nächsten drei Wochen verbringe, wie jeden Sommer seit Menschengedenken, oben zwischen Vänern und Vättern, falls mir das was sagte. Nein, sagte ich, das sagte mir nichts. Danach, sagte sie, gehe es nach Frankreich, wo sie Verwandte hätten. Vielleicht noch Freunde besuchen in Spanien.

»Und wo verbringst du die Ferien?«, wollte sie wissen.

»Kommt rein, ihr zwei«, sagte Schragenheim und wedelte mit der Mappe, in der die Zeugnisse warteten.

»Bei meinen Großeltern«, sagte ich.

»Lilia! Leo!«, sagte Schragenheim, die Klinke in der Hand.

»Vielleicht schreibst du mir mal«, sagte Lilia.

Ich erwachte. In der Dämmerung. Splitternackt. Die Korbflechten hatten eine Maserung auf meiner Haut hinterlassen. Hinter meinen Schläfen pochte es. Ich fühlte mich, als hätte ich Jahre geschlafen. Ich zog mich an, langsam und bedächtig. Ich schob die Sessel zurück an ihren Platz und platzierte meinen Sessel oben auf dem Stapel. Ich öffnete die Tür, leise, sehr leise, als hätte ich Angst, jemand könnte mich hören. Die Blätter raschelten über den Boden. Ich sah mich nach allen Seiten um, zog die Tür zu, ließ den Riegel zuschnappen und machte mich auf den Weg.

Der Großvater

Den Großvater sah ich nur selten. Abends, wenn er nach Hause kam, gegen neun oder halb zehn, lag ich schon im Bett. Ich hörte die Stimmen der Großeltern unten in der Küche. Das Klappern von Geschirr. Das Klirren der Gläser. Alles wie am Morgen. Punkt zehn klopfte die Großmutter an die Tür, um mir gute Nacht zu sagen. Entschieden legte sie mein Buch auf den Nachttisch, strich mir mit dem Handrücken über die Wange und löschte das Licht.

In der Nacht träumte ich von Lilia, die in einer Zinkblechwanne im Garten stand, ein Handtuch um den Körper geschlungen, das ihr von den Schultern bis zu den Knien reichte. Als sie mich kommen sah, lächelte sie. Sie hielt mit der Linken das Handtuch und lockte mich mit dem Zeigefinger der Rechten, an dem eine rote Flüssigkeit hinunterrann. Sie hielt die Hand vor den Mund und fuhr mit den Fingern über Lippen und Wangen. Bis ihr Gesicht ganz verschmiert war. Im ersten Moment dachte ich, es sei Blut, das dort ins Gras tropfte. Ich lief auf sie zu, um ihr zu helfen. Dann sah ich, dass die Wanne mit Kirschen gefüllt war, die bis zum Rand reichten und den Saum ihres Handtuchs rot färbten. Lilia beugte sich herab, nahm eine Handvoll Kirschen und stopfte sie sich in den Mund. Ihre Zähne färbten sich rot. Der Saft lief ihr am Kinn herunter. Sie spuckte die Kerne aus, einen nach dem anderen, und öffnete die Hand, in der eine einzige, verlockend aussehende Kirsche lag. Sie hielt die Kirsche am Stiel zwischen Zeige- und Mittelfinger, führte sie zum Mund und küsste sie. Dann hielt sie mir die Kirsche hin. Ich sah Lilia an. Dann griff ich nach der Kirsche. Im selben

Moment zog Lilia die Hand zurück und stopfte sich die Kirsche mitsamt Stiel in den Mund.

Am Sonntag schlief der Großvater aus, während die Großmutter sich fein machte. Und mich dazu. Sie musterte mich, von Kopf bis Fuß, zupfte meinen Hemdkragen zurecht, fuhr immer wieder mit dem Kamm durch mein Haar und ließ mich in ein Taschentuch spucken, um meine Wangen auf Hochglanz zu polieren. Dann ging es in die Kirche. Im großen, ausladenden *190er* meines Großvaters. Die Großmutter bestand darauf, dass ich auf der Rückbank Platz nahm. Sie war so klein, dass sie ein Kissen brauchte, um über den Tacho hinwegsehen zu können. Und selbst mit Kissen musste sie sich noch recken. Im Auto roch es eigentümlich. Nach Rauch und Staub und Leder und Benzin. Die Großmutter rümpfte die Nase und kurbelte die Fensterscheibe herunter, sah in den Rückspiegel, wo sich unsere Augen trafen, für einen winzigen Moment, und startete den Motor. Wir parkten den Wagen am Straßenrand, schräg gegenüber der Kirche. Meine Großmutter zupfte ein letztes Mal an mir herum und drückte mir ein Geldstück in die Hand, für die Kollekte. Sie grüßte die vor der Kirche versammelte Gemeinde, nickte dem Pfarrer zu, der am Eingang stand, und schob mich in Richtung unserer angestammten Plätze: Kirchenbank links, zweite Reihe, innen am Gang. Ich mochte es, in der Kirche zu sein. Ich mochte den Klang der Glocken, die Stille, den Frieden, das Licht, das durch die Buntglasfenster fiel, den Gesang. Manchmal, zu besonderen Gelegenheiten, kamen Musiker aus dem Umkreis oder der Stadt und spielten Klavier oder Klarinette oder Violine und Cello. Einmal, vor Jahren, an einem kühlen, sonnigen Tag um Ostern herum, war Junis, der Dorfsäufer, in den Gottesdienst geplatzt. Hatte seine Schnapsflasche geschwenkt, der Gemeinde zugeprostet und eine Selbstgedrehte gepafft, die ihm an der Unterlippe klebte. Meine Großmutter war aufgestanden, hatte sich den Rock glattgestrichen, war mit zackigem Schritt durch die Reihen marschiert, hatte Junis am Arm genommen und einen einzigen Satz gesagt. Leise, aber so deutlich, dass jeder in der Kirche es hatte hören können.

»Komm, Junis, es ist genug jetzt.«

Nach dem Mittagessen warf die Großmutter uns hinaus.

»Ab mit euch!«, sagte sie und wartete in der Wohnzimmertür, bis wir unserer Wege gegangen waren: Der Großvater ins Esszimmer, wo er am Tisch die Zeitung las. Ich in meine Kammer unter dem Dach, in der es angenehm kühl und schattig war und die Vorhänge vom Wind ins Zimmer geweht wurden. Wie Geister. Eine Stunde lag die Großmutter auf dem Sofa und hörte Opernmusik. Dann kam der Großvater und klopfte an die Tür.

»Es ist überstanden«, sagte er.

»Was meinst du?«, fragte ich.

»Die Musik deiner Großmutter.« Er verdrehte die Augen. »Komm«, sagte er, »Zieh dich an. Wir machen einen Ausflug.«

Alle zusammen fuhren wir ins Dorf zum Eisessen. Oder wir hielten bei *Kellers Landgasthof* und tranken Kaffee im Garten hinter dem Haus. Frau Kellers Kuchen war der einzige im Landkreis, den die Großmutter akzeptierte. Neben ihrem eigenen. Wir lieferten die Großmutter zu Hause ab, damit sie das Abendessen vorbereiten konnte und fuhren noch ein wenig herum. Hielten an irgendeinem Fußballplatz und schauten dem Spiel zu. Oder wir fuhren zu *Babekiens Werkstatt*, die auch sonntags geöffnet hatte. Der Großvater kaufte Zündkerzen oder kleine Päckchen mit Sicherungen, die er im Seitenfach der Fahrertür verwahrte. Zwischendurch zückte er einen Flachmann, den er in der Jackentasche trug, und nahm einen Schluck. Zum Scherz hielt er mir die Flasche hin. Angeekelt verzog ich den Mund. Der Großvater lachte, schraubte den Deckel auf den Flachmann und ließ ihn in der Jackentasche verschwinden.

»Aber schön dichthalten«, sagte er und legte den Zeigefinger auf die Lippen.

Zu dritt saßen wir zusammen nach dem Abendessen. Der Großvater trank eine Tasse Kaffee. Die Großmutter war dabei, das Geschirr zu einem Turm zu stapeln, um ihn anschließend höchstpersönlich in die Küche zu tragen, alle Angebote, ihr zu helfen, geflissentlich ignorierend.

»Vergiss nicht, morgen bei der Post vorbeizufahren und die Briefe aufzugeben«, sagte sie.

»Mach ich«, sagte der Großvater und nahm einen Schluck.

»Und bring Kaffee und Schokolade von *Kramer* mit, wenn du schon in der Stadt bist.«

Der Großvater nickte und stellte die Tasse auf den Unterteller. Ich löffelte meinen Karamellpudding und hörte nur mit halbem Ohr zu.

»Sag mal, mein Schatz«, sagte der Großvater plötzlich, »was hältst du davon, wenn ich den Jungen morgen mal mitnehme?«

Ich sah auf und starrte den Großvater an, mit offenem Mund, den Löffel in der Hand.

»Ich meine«, sagte der Großvater, ohne mich eines Blickes zu würdigen, »er ist ja nun alt genug. Wird vierzehn nächsten Winter, wenn ich mich nicht irre –«

»Hilfe, er will mich fressen!«, sagte die Großmutter.

Ich sah sie an. Demonstrativ sperrte sie den Mund auf, klappte ihn wieder zu und fuhr mit Daumen und Zeigefinger von links nach rechts über die Lippen, als wollte sie einen Reißverschluss schließen.

»Oma meint, du kannst den Mund wieder zumachen«, sagte der Großvater und sah mich an. »Hättest du Lust mitzukommen?«

Ich nickte. Sehr langsam.

»Ist das ein Ja?«

Ich nickte wieder. Sehr viel energischer diesmal. Der Großvater sah die Großmutter an, die ihrerseits vom Großvater zu mir und wieder zurücksah. Es war so still im Esszimmer, dass man das Ticken der Wanduhr im Wohnzimmer hören konnte.

»Meinetwegen«, sagte die Großmutter schließlich. »Aber nicht, dass du mir mit dem Hintern alles umreißt, was ich in mühevoller Kleinarbeit all die Jahre aufgebaut habe.«

Am Abend las der Großvater Zeitung auf dem Sofa. Die Großmutter saß am Tisch und schrieb Briefe oder stopfte Socken oder sah fern. Es war warm und gemütlich im Wohnzimmer. Irgendwann begann der Großvater zu schnarchen. Ich sah mich zur Großmutter um. Mit verschwörerischem Blick. Doch war auch die Großmutter über ihrer Näharbeit eingeschlafen. Ich nutzte die Gelegenheit und sah mir die Schallplatten an, die meine Großmutter hütete wie einen Schatz. Dicht an dicht standen sie im Regal neben dem Fernseher. Fein säuberlich sortiert nach Komponisten von A bis Z. Sinfonien. Sonaten. Suiten. Serenaden. Bach. Beethoven. Brahms. Bruckner. Ganze Boxen mit Opernaufnahmen. Verdi. Wagner. Weber. Vorsichtig zog ich eine Platte nach der anderen aus dem Regal, um mir die Cover anzusehen. Dann hörte ich den Stuhl knarren und wusste, die Großmutter war aufgewacht.

»Können wir die mal hören?«, fragte ich und hielt die Schallplatte hoch, die ich gerade in der Hand hielt.

Meine Großmutter stand auf, nahm mir das Album aus der Hand, stellte es zurück an seinen Platz und sagte:

»In den Weihnachtsferien nehme ich dich mit in die Hauptstadt. Wir gehen bummeln und ins Kaffeehaus und abends in die Oper. Doch jetzt weck deinen Großvater und sag ihm, er soll sich bettfein machen. Und du gehst Zähne putzen und dann ab in die Falle. Morgen geht es zeitig raus.«

Am Morgen weckte mich die Großmutter. In aller Herrgottsfrühe. Schnell zog ich mich an und lief die Treppe hinunter. Der Großvater saß an seinem Platz in der Küche und trank seinen Kaffee. Er zwinkerte mir zu, über den Rand der Zeitung hinweg. Die Großmutter stellte mir Teller und Tasse auf den schmalen, ausklappbaren Tisch. Und eine Schale Corn Flakes, die sie mit Milch übergoss.

»Du musst tüchtig zulangen«, sagte die Großmutter. »Wer weiß, wann du wieder etwas bekommst.«

Ich war viel zu aufgeregt, um tüchtig zu essen, und beließ es bei einer halben Schale Corn Flakes und einem angebissenen Marmeladenbrötchen.

»Los geht's!«, sagte der Großvater plötzlich, faltete die Zeitung zusammen und nahm einen letzten Schluck Kaffee.

In Windeseile putzte ich die Zähne, klatschte mir mit zwei flachen Händen Wasser ins Gesicht und trocknete mich am Zipfel des nächstbesten Handtuchs ab. Dann standen wir draußen vor dem Haus. Etwas verlegen allesamt.

»Macht mir keine Schande«, sagte die Großmutter, die noch kleiner aussah als sonst, wie sie so dastand, auf der obersten Treppenstufe, mit vor der Brust verschränkten Armen, in ihrer gestärkten weißen Bluse und der geblümten Schürze. »Und dass ihr mir nicht zu spät nach Hause kommt«, sagte sie. »Punkt sieben steht das Essen auf dem Tisch.«

Der Großvater schlug die Hacken zusammen und salutierte.

»Und denk an den Kaffee. Und an die Schokolade«, sagte die Großmutter. »Nicht, dass du wieder die falsche mitbringst.«

Mit einer kleinen, unmerklichen Kopfbewegung wies der Großvater mich an einzusteigen.

»Und dass du dem Jungen nicht all deine Räuberpistolen auftischst«, sagte die Großmutter.

Der Großvater schloss die Beifahrertür, warf der Großmutter eine Kusshand zu und öffnete die Fahrertür.

»Schön anschnallen«, sagte die Großmutter.

Der Großvater stieg ein, kurbelte die Fensterscheibe hinunter, steckte den Schlüssel ins Zündschloss und ließ den Motor an. Dann sah er mich an, für einen Moment, beide Hände aufs Lenkrad gelegt.

»Bereit?«, fragte er.

In der letzten Kurve vor der Landstraße hielt der Großvater an. Er zog einen Kamm aus der Innentasche der Jacke und kämmte das Haar zurück. Er klappte die Sonnenblende herunter und zog eine Sonnenbrille hervor, deren Bügel er mit einem Schütteln der Hand aufklappte, bevor er sie aufsetzte. Er beugte sich über die Mittelkonsole, öffnete das Handschuhfach und griff nach einer der drei karminroten Zigarettenschachteln, die dort Seite an Seite lagen, auf einer Reihe abgegriffener und zerkratzter Kassettenhüllen. Er kramte in der Hosentasche und zog ein silbernes *Zündapp*-Feuerzeug hervor. Mit der anderen Hand klappte er die Schachtel auf, führte sie zum Mund und zog mit den Lippen eine Zigarette heraus, die er im Mundwinkel baumeln ließ, während er die Schachtel in die Ablage zwischen den Sitzen legte. Er ließ das Feuerzeug aufschnappen und führte es zum Mund, um die Zigarette anzuzünden. Plötzlich hielt er inne. Er ließ das Feuerzeug zuschnappen und sah mich an, die unangezündete Zigarette noch immer im Mundwinkel.

»Ist es okay, wenn ich rauche?«, fragte er.

Ich zuckte die Achseln. Der Großvater dachte nach. Dann zuckte auch er die Achseln.

»Kannst ja dein Fenster aufmachen«, sagte er und zündete die Zigarette an. Er ließ das Feuerzeug zuschnappen und zurück in die Hosentasche wandern. Er nahm einen tiefen Zug und blies den Rauch aus der geöffneten Tür. Er sah mich an, hinter riesigen, schwarzen Sonnenbrillengläsern. »Alles okay?«, fragte er.

Ich nickte.

»Bist du sicher?«

Ich nickte wieder.

»Was ist?«, fragte er, weil ich nicht aufhören konnte, ihn anzustarren. »Ah«, sagte er. »Ich weiß: Du willst auch eine.« Er nahm die Schachtel aus der Ablage, öffnete sie gekonnt mit dem Zeigefinger und klopfte mit Mittel- und Ringfinger gegen die Unterseite der Schachtel, bis drei Zigaretten hervorstanden. Ich schüttelte den Kopf. »Okay«, sagte er und legte die Schachtel zurück in die Ablage. Er nahm einen Zug. Dann beugte er sich vor, platzierte die Unterarme auf dem Lenkrad und sah mich von der Seite an, die Zigarette zwischen den Lippen. »Schätze, du brauchst auch 'ne Sonnenbrille«, sagte er. Er rauchte. In aller Ruhe. Dann lehnte er sich zurück, reckte sich und sah in den Rückspiegel. »Ich weiß, ich brauche es nicht extra zu sagen, aber ich sage es trotzdem, dieses eine Mal: Kein Wort davon gegenüber dem Feldwebel.«

»Was meinst du?«, wollte ich fragen. Und: »Wem gegenüber kein Wort?« Doch nickte ich nur.

Der Großvater griff nach seiner Jacke, die am Haken neben der Kopflehne hing, zog den Flachmann aus der Innentasche, nahm einen Schluck, verzog den Mund zu einer Grimasse und sah mich an, als würde er überlegen, mir auch einen Schluck anzubieten. Er überlegte es sich anders, drehte die Flasche zu und ließ sie zurück in die Jackentasche gleiten.

»Dann wollen wir mal«, sagte er und startete den Motor. Er nahm einen letzten Zug, blies den Rauch aus dem Fenster, schnippte die Zigarette auf die Straße und legte den Gang ein. »Ich versteh schon«, sagte er. »Ist erst mal neu alles. Aber wirst dich schon daran gewöhnen mit der Zeit.«

»Mit der Zeit?«, wollte ich fragen. Doch war es, als ob ich das Sprechen verlernt hätte.

»Okay«, sagte der Großvater. »Besonders gesprächig scheinst du heute Morgen nicht zu sein.«

Die Worte des Großvaters waren kaum zu verstehen, weil ein Auto auf der Landstraße beschleunigte und den Motor aufheulen ließ. Wortlos sahen wir dem Wagen nach. Einem *Porsche*. Grasgrün. Mit geöffnetem Verdeck.

»Packebusch«, sagte der Großvater. Als wollte er jede einzelne Silbe ausspucken. Dann gab er Gas, dass der Kies nur so spritzte.

Während der Großvater die Briefe der Großmutter bei der Post aufgab, wartete ich im Auto. Verstohlen sah ich mich nach allen Seiten um. Dann öffnete ich das Handschuhfach. Nahm eine der beiden ungeöffneten Zigarettenschachteln und betrachtete sie eingehend. Ich kannte die üblichen Marken, die die Erwachsenen rauchten, aber diese hatte ich noch nie gesehen: Eine breite, elegante Pappschachtel, mit einem schwarzen Katzenkopf auf kreisrundem, weißem Grund inmitten des Rot. Die Zigaretten rochen streng und würzig. Der Tabak war braun, von der Farbe des Kaffeepulvers, das die Großmutter in einer Dose im Küchenschrank aufbewahrte. Einen Filter, wie ich ihn von den Zigaretten der Mutter kannte, gab es nicht, obwohl das ansonsten weiße Papier, das den Tabak umhüllte, in einen schmalen Streifen hellbraun gefleckten Filterpapiers auslief. Ich nahm auch die andere Schachtel aus dem Fach, klappte das Zwischenpolster herunter und legte beide Schachteln darauf ab. Noch einmal sah ich mich um, verstohlen, als würde ich etwas Verbotenes tun. Dann holte ich die Kassetten aus dem Handschuhfach, eine nach der anderen. Es waren vierzehn Stück insgesamt. Die Hüllen alle unbeschriftet. Auch zwei der Kassetten ohne jede Beschriftung. Die restlichen zwölf auf drei verschiedene Arten beschriftet, zumeist in Druckbuchstaben, mit unterschiedlichen Farben und Stiften, ohne irgendeinen erkennbaren Schnörkel:

Fünf Kassetten mit der Aufschrift *HANK*.

Drei Kassetten mit der Aufschrift *CAYMMI*.

Vier Kassetten mit der Aufschrift *BILLIE*.

»Gute Idee«, sagte der Großvater neben mir am geöffneten Fenster. Sodass ich vor lauter Schreck die Kassetten fallen ließ. »Such eine aus«, sagte er. »Hören wir gleich auf dem Weg.« Er ging ums Auto herum, während ich hastig die heruntergefallenen Kassetten aufsammelte und die herausgefallenen zurück in die Hüllen drückte. Ich räumte die Kassetten zurück, legte die Zigarettenschachteln auf die Kassetten und schloss das Handschuhfach. »Wolltest du nicht eine aussuchen?«, fragte der Großvater und glitt erstaunlich behände in den Fahrersitz.

Ich öffnete das Handschuhfach wieder, griff wahllos nach einer Kassette und reichte sie dem Großvater, der sie drehte und wendete.

»Die besser nicht«, sagte er und reichte sie mir zurück. Nun drehte und wendete auch ich die Kassette, um herauszufinden, was der Großvater daran auszusetzen hatte. »Die Regel ist einfach:«, sagte er, »Alle Kassetten kommen in Frage. Nur die, wo *BILLIE* draufsteht, die nicht.«

Ich legte die Kassette zurück ins Handschuhfach.

»Und warum nicht?«, hörte ich mich fragen.

»Hmmm –«, machte der Großvater. »Weil wir Billie nur hören, wenn es dunkel ist. Oder am Sonntag.«

Ich nahm die nächste Kassette und reichte sie dem Großvater.

»Ah«, sagte er, »Hank. Sehr gute Wahl!«

Der Großvater wollte eben die Kassette in den Rekorder schieben, als er plötzlich innehielt.

»Moment mal«, sagte er, sehr langsam und betont. Er legte die Kassette in die Ablage, drehte den Rückspiegel nach links, um sich darin sehen zu können, nahm die Sonnenbrille ab, strich sich mit der Hand durchs Haar und stieg aus. »Bin gleich wieder da«, sagte er und schloss sachte die Fahrertür.

Er lief vorne ums Auto herum, sah nach links und rechts, überquerte die Straße, perfekt abgepasst zwischen einem Bus von links und einem Lieferwagen von rechts, und steuerte auf eine Frau auf der anderen Straßenseite zu, die, schwer mit Einkäufen beladen, eben dabei war, in ein Taxi zu steigen. Die Dame war schön und elegant. Soviel konnte man sehen. Zwanzig Jahre jünger als der Großvater. In einem dunkelblauen Kleid, das ihre Oberweite betonte, und einem weißen Strohhut auf dem Kopf, unter dem ihr sandfarbenes Haar hervorquoll. Mein Großvater nahm ihr die Tüten und Taschen ab und hielt ihr die Tür auf. Er sprach mit dem Taxifahrer, der ausstieg und zum Kofferraum schlurfte, den er umständlich aufschloss. Der Großvater stellte die Einkäufe in den Kofferraum, drückte dem Fahrer einen Schein in die Hand und baute sich vor der geöffneten Tür auf, den linken Arm aufs Dach gelehnt, die Rechte in die Seite gestemmt. Mit einer Bewegung des Kopfes wies er in meine Richtung und ich ging für einen Moment auf Tauchstation. Als ich den Kopf wieder hob, war der Großvater verschwunden. Im Inneren des Taxis, wie ich vermutete. Eine Minute verging. Dann noch eine. Als der Großvater wieder auftauchte, wischte er sich den Mund mit der Rückseite der Hand. Er lachte und warf die Tür zu. Wartete, bis das Taxi anfuhr, klopfte kurz aufs Dach und sah dem davonfahrenden Taxi nach, bis es hinter der nächsten Kurve verschwunden war.

»Wer war das?«, fragte ich, als er ins Auto stieg.

»Das?«, fragte er und sah mich an, mit einem warmen Blick, in dem sich die Sonne spiegelte in kleinen Flecken, die sich in den dicht belaubten Ästen der Bäume am Platz verfangen hatten. »Monette«, sagte er. »Monette Breithaup.«

Er sprach den Namen auf eine Weise aus, wie ich ihn nie hatte sprechen hören. Sanft und heiser. Ein wenig schläfrig. Wie ein Kater, der schnurrt, weil ihm die späte Septembermorgensonne auf den nachtverfrorenen Pelz scheint.

»Und wer ist Monette Breithaup?«, fragte ich.

Der Großvater sah mich an. Eine Weile. Die Farbe seiner Augen schien zu wechseln. Im Sekundentakt.

Von grün zu grau zu hellblau und wieder zurück. Dann plötzlich fasste er sich:

»Alte Bekannte«, sagte er, setzte die Sonnenbrille auf und startete den Motor.

Die Stadt erschien mir fremd und unwirklich. Als hätte sie sich verändert, in den zehn Tagen seit Ferienbeginn. Alles sah aus wie immer. Und dann doch wieder nicht. Als läge eine Art Schleier zwischen mir und den Dingen. Als sähe ich alles mit anderen Augen. Oder die Stadt mich. Auch der Großvater war fremd und unwirklich. Aber auf eine andere Weise. Er war so ganz anders als die anderen Erwachsenen. Anders als die Großmutter. Anders, als ich ihn mir vorgestellt hatte. Wenn ich mir die Mühe gemacht hätte, ihn mir vorzustellen. Es war, als träte er aus dem Schatten der wenigen, gemeinsam mit der Großmutter verbrachten Sonntage. Hinaus ins Licht eines ungeahnten sonnigen Montags. Als verwandelte er sich vor meinen Augen. In einen Mann, der zwar mein Großvater war. Aber viel mehr als mein Großvater in den Augen der anderen. In Monette Breithaups Augen schien er das ganze Gegenteil dessen zu sein, was er bis zu diesem Tag für mich gewesen war. Ein Mensch aus Fleisch und Blut.

Wie alt der Großvater wohl sein mochte? Zum ersten Mal in meinem Leben stellte ich Berechnungen an. Meine Mutter war Anfang zwanzig, als sie mich zur Welt gebracht hatte, das erste von drei Kindern. Meine Groß- mutter, soviel wusste ich, war sehr früh Mutter gewor- den. Mit zwanzig. Oder jünger. Hieß: Mein Großvater, sofern er ungefähr so alt war wie meine Großmutter, konnte nicht viel älter sein als Mitte fünfzig. Maximal Ende fünfzig. Falls er ein paar Jahre älter war als seine Frau. So oder so: Ein Mann in den besten Jahren, wie man zu sagen pflegte. Vielleicht nicht unbedingt in den besten Jahren, dachte ich, aber ganz offensichtlich auch nicht der alte Mann, für den ich ihn mein Leben lang gehalten hatte.

Wir parkten den Wagen an der Schleuse neben dem Stadttor und gingen zu Fuß in die Innenstadt. Bei *Feinkost Kramer* kauften wir Kaffee, den ein gewichtig dreinblickender Herr in grauem, zugeknöpftem Kittel, in dessen Brusttasche ein Arsenal von Kugelschreibern steckte, in ganzen Bohnen in eine Mahlmaschine schüttete, die mit leisem Surren ihr Werk verrichtete.

»Darf es sonst noch etwas sein?«, fragte der Herr ehrerbietig.

»Schokolade«, sagte der Großvater.

»Selbstverständlich«, sagte der Herr, »eine bestimmte Sorte?«

Ich sah mich um im Laden, während der Großvater versuchte, sich an die richtige Sorte zu erinnern. Die Maschine mahlte, die Glocke über der Eingangstür bimmelte, wenn die Kunden ein- und ausgingen: Alles bei *Kramer* sah aus, als wäre es aus einem anderen Jahrhundert herübergerettet worden. Alles, bis auf die Waren, die exklusiv und frisch und verlockend aussahen. Und die Maschine, die in diesem Moment fertig gemahlen hatte.

»Vielleicht noch etwas für den jungen Mann?«, fragte der Herr im grauen Kittel und setzte ein gewinnendes Lächeln auf. Der Großvater sah mich an.

»Warum nicht«, sagte er.

Ich sah vom Großvater zum Herrn im grauen Kittel und wieder zurück. Dann sah ich mich im Laden um, von einem robusten, deckenhohen Holzregal zum anderen. Wein. Sekt. Champagner. Essig. Öl. Tee. Kekse. Pralinen. Ein Ständer mit Karten, die mir gefielen. Altmodische Zeichnungen von Schmetterlingen mit lateinischer Bezeichnung.

»Ich nehme die hier«, sagte ich schließlich und angelte eine Tüte aus einem Korb auf halbem Weg zur Kasse.

»*Tartufi Antica*«, sagte der Herr im grauen Kittel, mit übertrieben italienischem Zungenschlag. »Ganz frisch eingetroffen aus unserer Partner-Torroneria in Piemont. Sehr gute Wahl, mein Junge!« Die Tartufi waren einzeln verpackt, in sehr fein aussehenden bunten Papieren. Rot und blau und grün und gelb. Mit schönen, verschnörkelten Verzierungen an den Enden zum Auswickeln. »Können wir sonst noch etwas für Sie tun?«, fragte der Herr.

»Danke, das ist alles«, sagte der Großvater.

Der Herr nickte. Er zückte einen der Kugelschreiber, notierte sehr sorgfältig sämtliche Posten auf einer Rechnung, die an einem Klappbrett klemmte, legte die Waren samt Rechnung in einen Korb, den er dem Großvater reichte und wies mit der Hand zur Kasse.

»Wenn die Herren beim Rausgehen vorne bezahlen möchten –«, sagte er.

Eine Weile saßen wir auf einer Bank vor dem Springbrunnen am Marktplatz und schauten dem Treiben um uns herum zu. Der Großvater rauchte eine Zigarette und stieß mich mit dem Ellbogen an, wenn er meinte, dass es etwas Besonderes zu sehen gab: Ein Hund, der mit heraushängender Zunge im Schatten döste, während sein

Herrchen ein Stofftaschentuch aus der Anzugjacke zog, um sich den Schweiß von der Stirn zu tupfen. Ein Bettler mit nur einem Bein, der auf einem Klappstuhl saß, einen Filzhut vor sich, die Krücken an die schattenspendende Wand der Stadtkirche gelehnt. Eine Schar Kinder, die vor dem Eisladen herumtollte, jedes mit einem Eis in der Hand, das jeden Moment aus der Waffel zu kippen drohte. Ein alter Mann, der einen geistig behinderten Jungen am Arm führte, der einen abgewetzten Plastikball in den Händen hielt, den er schieläugig betrachtete. Ein Schornsteinfeger, in voller Montur, auf dem Dach des Hotels, der ein Butterbrot aß, Zylinder und Werkzeug neben sich auf dem Schornstein. Eine Frau mit einem papiernen Sonnenschirm. Ein sonnengebräuntes Mädchen auf einem Fahrrad in rotem T-Shirt und abgeschnittenen, ausgefransten Jeans.

»Schau mal«, sagte der Großvater und stieß mich mit dem Ellenbogen an. »Dürfte ziemlich genau dein Alter sein. Nicht übel, oder?«

Stimmt, dachte ich, nicht übel. Aber nicht annähernd nicht so übel wie Lilia Kronstad.

Wir kauften Zigarren im Tabakwarenladen, sechs Stück, die der Verkäufer in eine Papiertüte einpackte. Wir kauften Zeitungen. Den *Spiegel*. Den neuen *Jerry Cotton*. Eine Modezeitschrift für die Großmutter. Einen *Lucky Luke* für mich. Wir kauften eine Sonnenbrille, ganz ähnlich der des Großvaters: Schwarzes Gestell. Gläser wie Katzenaugen. Im Eiscafé bestellte der Großvater einen Espresso und ich eine kalte Zitrone. Die Kellnerin begrüßte den Großvater wie einen alten Bekannten. Als die Kirchturmuhr schlug, legte der Großvater den

Zeigefinger auf die Lippen. Wir zählten die Schläge. Der Großvater trank seinen Espresso auf Ex.

»Los geht's«, sagte er, kramte einen Zehner aus der Hosentasche und klemmte ihn unter die Untertasse. »Arbeiten müssen wir schließlich auch noch.«

Wir fuhren zu einem der großen Autohäuser an der Ausfahrtstraße Richtung Landeshauptstadt, an dem ich schon ein paar Mal vorbeigefahren war, mit dem Fahrrad, auf dem Weg zu einem Freund oder einem Fußballspiel meines Bruders oder mit der Familie zum Sonntagsausflug, ohne dass ich es je mit dem Großvater in Verbindung gebracht hätte.

»Willst du warten oder mit reinkommen?«, fragte der Großvater.

»Ich komme mit rein«, sagte ich und rückte die Sonnenbrille zurecht.

Mein Großvater machte eine Runde durch die Abteilungen. Fachsimpelte mit den Mechanikern in der Werkstatt, flirtete mit der Dame am Empfang, grüßte in alle Richtungen, verwickelte einen Kunden in ein Gespräch, klopfte an eine Tür mit der Aufschrift VERWALTUNG und trat ein, ohne eine Antwort abzuwarten.

»Na, Schmidtchen«, begrüßte er die Sekretärin, eine ältere Dame mit schlohweißem Haar, die ein altmodisches türkisfarbenes Kostüm trug. Schmidtchen schob die Brille auf die Nasenspitze und lugte über den Rand.

»Wen haben wir denn da?«, fragte sie.

»Darf ich vorstellen:«, sagte der Großvater und legte die Hände auf meine Schultern. »Der Sohn meiner Tochter.«

»Wie heißt er denn?«, fragte Schmidtchen, an mich gewandt.

»Leo«, sagte ich.

»Leo«, sagte Schmidtchen. »Was für ein schöner, kleiner Name.« Sie schob die Brille zurück auf die Nasenwurzel und stand auf. »Kann er denn auch die Sonnenbrille absetzen?«, sagte Schmidtchen. Zu niemandem im Besonderen.

Hastig setzte ich die Sonnenbrille ab und verstaute sie in der Hosentasche. Schmidtchen beugte sich vor, legte die Ellbogen auf den Tresen und betrachtete mich schwärmerisch.

»Was für schöne Augen er hat«, seufzte sie. »Ganz der Opa«, sagte sie und zwinkerte dem Großvater zu. Sie stolzierte zur Fensterbank, auf der ein Kaktus stand, eine giftgrüne Gießkanne, ein Abreißkalender und ein Turm bunter Plastikablagen, die mit Namensschildern versehen waren. »Was haben wir denn heute für den großen Meister?«, murmelte sie. Sie zog einen Ordner aus der Ablage, klappte ihn auf und sah ihn durch. »Nichts Besonderes«, sagte sie und reichte dem Großvater den Ordner. »Aber bist ja auch spät dran heute.«

Der Großvater blätterte im Ordner.

»Ach«, sagte Schmidtchen, »da fällt mir ein: Merkens fragt, ob du kurz in der JVA vorbeifahren kannst und die Kartons abholen.«

Der Großvater nickte und klemmte den Ordner unter den Arm.

»Hier, mein Süßer«, sagte Schmidtchen und hielt mir einen Zweier hin. »Damit gehst du vorne in die Annahme. Ganz links in der Ecke, neben der Sitzgruppe, steht ein Automat. Da kaufst du dir eine schöne, kalte Cola oder Fanta, was immer du willst. Das Wechselgeld darfst du behalten. Darf er Cola?«, fragte sie, an den Großvater gewandt.

»Klar darf er Cola«, sagte der Großvater zerstreut.

»Na, wenn der Opa es erlaubt«, sagte Schmidtchen.

»Danke«, sagte ich und nahm den Zweier.

»Und gut erzogen ist er auch noch.«

»Na, dann«, sagte der Großvater und schob mich Richtung Tür.

»Ach, und Leo!«, sagte Schmidtchen. »Wenn ihr in der JVA seid, pass auf, dass sie deinen Opa nicht gleich dabehalten.«

Erst als sich die riesigen grünen, stacheldrahtgesäumten Tore auftaten, wie von Geisterhand, wusste ich, wo die Reise hinging. Der Großvater lehnte sich aus dem Fenster, legte die Hand an die Stirn und grüßte die Uniformierten oben im Wachturm. Im Schritttempo rollte er auf den Gefängnishof, beschrieb einen Halbbogen, legte den Rückwärtsgang ein, stellte den rechten Ellbogen auf die Sitzlehne und sah sich um.

»Willkommen im Knast!«, sagte er und gab Gas.

An der Rampe eines flachen Backsteingebäudes im Schatten der Gefängnismauer kamen wir zum Stehen. Der Großvater stieg aus, zog die Hose am Bund hoch und lief die Treppe am Rand der Rampe hinauf. Er drückte auf den Klingelknopf neben der Eisentür und wartete. Klingelte erneut und beugte sich vor, als eine scheppernde Stimme sich über die Gegensprechanlage meldete. Der Großvater setzte die Sonnenbrille ab und wischte sich mit dem Handrücken den Schweiß von der Stirn. Die Tür schwang auf und der Großvater trat einen Schritt zur Seite. Zwei Männer in grauen

Arbeitsanzügen, ein Dünner und ein Dicker, schoben einen Metallkorb auf Rädern hinaus auf die Rampe. Der Großvater setzte die Sonnenbrille auf, zückte seine Schachtel und bot den beiden Männern Zigaretten an. Die Männer nickten dem Großvater zu und bedienten sich. Ein Uniformierter trat aus dem Lager hinaus ins Licht, eine Pistole im Halfter an der Hüfte, Handschellen am Hosenbund, ein Klemmbrett mit Papieren in der Hand. Er kniff die Augen zusammen, gegen die Sonne, und zückte einen Kugelschreiber. Die Männer steckten die Zigaretten hinter die Ohren. Der Dünne sprang von der Rampe und öffnete den Kofferraum unseres Wagens, sodass die Sicht durch die Heckscheibe versperrt wurde und ich die Position wechseln musste, um im Außenspiegel sehen zu können, was vor sich ging. Der Dicke nahm ein Paket nach dem anderen aus dem Metallkorb und reichte es dem Dünnen, der die Pakete im Kofferraum verstaute. Der Uniformierte reichte dem Großvater den Kugelschreiber, damit er die Papiere unterschrieb. Vier oder fünf Unterschriften insgesamt. Auf verschiedenfarbigen Papieren. Jedes Mal, wenn der Großvater ein Papier unterschrieben hatte, leckte der Uniformierte den Zeigefinger an, trennte das unterschriebene Papier von den anderen und reichte es dem Großvater. Der Dünne klappte den Kofferraumdeckel zu und schwang sich hinauf auf die Rampe. Ich kehrte in meine ursprüngliche Position zurück und betrachtete die Vorgänge nun wieder durch die Heckscheibe. Der Großvater bot dem Uniformierten eine Zigarette an. Der Uniformierte lächelte, nahm eine Zigarette und hielt sie zwischen Daumen und Zeigefinger, als wüsste er nicht genau, was er damit anfangen sollte. Als wäre dies das

Signal, holten der Dicke und der Dünne die Zigaretten hinter den Ohren hervor. Der Großvater klopfte mit dem Mittelfinger eine Zigarette aus der Schachtel, führte die Schachtel an den Mund und zog mit den Lippen eine Zigarette heraus. Er schob die Schachtel zurück in die Brusttasche seines Hemdes und zückte sein Feuerzeug. Reihum gab er den Männern Feuer. Zuerst dem Uniformierten, dann dem Dicken, zuletzt dem Dünnen. Dem Uniformierten sah man an, dass er es nicht gewohnt war zu rauchen. Die Männer redeten und rauchten und lachten. Dann wurden die Zigaretten ausgetreten und auf den Hof gekickt. Händeschütteln. Schulterklopfen. Der Dicke öffnete die Tür und ließ den Dünnen ins Innere des Backsteinbaus. Er hielt dem Uniformierten die Tür auf. Der Uniformierte klemmte das Klemmbrett unter den Arm und nickte dem Dicken zu. Der Dicke verschwand im Inneren des Gebäudes. Der Uniformierte salutierte kurz in Richtung des Großvaters, sah sich mit zusammengekniffenen Augen noch einmal nach allen Seiten um. Dann schloss er das Tor.

»So«, sagte der Großvater und kletterte auf den Fahrersitz, »das wäre erledigt.«

Vom Gefängnis waren es nur ein paar hundert Meter bis nach Hause. Ich dachte, der Großvater würde vielleicht fragen, ob wir kurz vorbeifahren wollten. Hallo sagen. Ein paar Sachen holen. Schauen, wie die Dinge so standen. Doch der Großvater fragte nicht. Stattdessen fragte ich:

»Was ist in den Paketen?«

»Waffen«, sagte der Großvater.

»Was für Waffen?«

»Pistolen. Gewehre. Munition. Kleinkaliber und Großkaliber.«

»Wozu brauchen wir die Waffen?«

»Banküberfälle«, sagte der Großvater.

»Banküberfälle?«

»Ja. Und vielleicht ein paar offene Rechnungen, die es zu begleichen gilt.«

»Mit dem *Porsche*-Fahrer?«

Der Großvater sah mich nachdenklich an. Dann fiel der Groschen.

»Ja«, sagte er, »nicht zuletzt auch mit dem *Porsche*-Fahrer.«

Der Nachmittag verging wie im Flug. Wir fuhren über die Dörfer, hielten auf Höfen und vor Bauernhäusern, in denen der Großvater verschwand, für eine Viertel- oder eine halbe Stunde, um mit den Kunden zu sprechen.

»Willst du mit reinkommen?«, fragte er jedes Mal. Doch immer schüttelte ich den Kopf. Die ersten beiden Male wartete ich im Auto. Trank meine Cola. Döste vor mich hin. Ließ das Radio laufen. Beim dritten Mal wartete ich eine Weile. Dann stieg ich aus und sah mich ein wenig im Dorf um. Sah ins Schaufenster des Dorfbäckers. Betrat die kleine, weiße Kirche oben auf einem grasbewachsenen Hügel, in der es still und kühl und schattig war. Lief über den Kirchhof und las die Namen und Inschriften auf den Grabsteinen. Dann hörte ich es hupen, unten von der Straße. Ich sah meinen Großvater, der sich aus dem Fenster lehnte und winkte.

»Komme!«, rief ich und lief, so schnell ich konnte, den schmalen Weg den Hügel hinunter.

»So«, sagte der Großvater, als ich neben ihm im Auto saß, »das war's für heute.« Er sah auf die Uhr am Tacho. »Dürfen nicht zu spät kommen am ersten Tag«, sagte er. »Sonst dreht der Feldwebel uns einen Strick daraus.« Er blickte zu mir herüber. »Was ist?«, fragte er.

»Nichts«, sagte ich.

»Spuck's aus.«

»Wann hören wir die Musik, die ich heute Morgen rausgesucht habe?«

»Hank?«, sagte der Großvater und strahlte über beide Backen. »Jetzt sofort!«, sagte er, schob die Kassette in den Schlitz und startete den Motor.

Es war die seltsamste Musik, die ich je gehört hatte. Hundert Jahre alt, wie mir schien. Oder älter. Eine Gitarre, die klang wie das stete Rattern eines in der Ferne vorbeifahrenden Güterzugs. Oder Geisterzugs. Eine Geige, die weinte, als würde der Zug aufheulen, mitten in der gottverlassenen Nacht. Dazu die Stimme eines Outlaws aus den Western, die ich als Kind gesehen hatte, einsam und allein, am Lagerfeuer, irgendwo in der Prärie, eine selbstgedrehte Zigarette im Mundwinkel, einen heißen, dampfenden Becher starken, schwarzen Cowboykaffee in den Händen.

> *»And I'm lo - o - o - o - o - o - o - nesome*
> *I've got the lovesick blues«,*

jodelte der Cowboy mit gebrochenem Herzen und einem Augenzwinkern für sein namenloses Pferd. Und mein Großvater jodelte mit ihm.

An der Tankstelle legten wir einen Zwischenstopp ein. Der Großvater stellte die Musik aus, nahm die Sonnenbrille ab, legte die Hände aufs Lenkrad und den Kopf auf die Hände. Es sah aus, als würde er ein Nickerchen machen.

»Willst du dir ein Eis verdienen?«, fragte er plötzlich. Er drehte den Kopf und sah mich an.

Ich nickte.

»Okay«, sagte er und richtete sich auf. »Dann nimm dir den Eimer dort drüben am Haken neben der Zapfsäule und mach die Windschutzscheibe sauber, während ich kurz reingehe und dem Feldwebel einen Strauß Blumen besorge. Erhöht die Chancen, dass du morgen wieder mitdarfst.« Er kniff die Augen zusammen und legte die Stirn in Falten. »Du willst doch morgen wieder mit?«, fragte er.

Ich nickte. Ein wenig unentschlossen.

»Na, kannst es dir ja noch überlegen«, sagte der Großvater und öffnete die Fahrertür.

Ich machte die Scheiben sauber. Erst die Windschutzscheibe, die übersät war mit toten Insekten. Dann die Seiten. Dann die Heckscheibe. Dann noch einmal die Windschutzscheibe. Ich hängte den Eimer zurück an den Haken, als der Großvater aus der Tür trat, einen in Plastik eingepackten Strauß bunter Blumen im Arm.

»Hier«, sagte er und warf mir mit der freien Hand das Eis zu.

Ich fing es auf, mit Mühe und Not, und wäre dabei fast über das Luftdruckmessgerät gefallen, das neben dem Wischeimer angebracht war. Der Großvater besah sich mein Werk. Fuhr mit dem Zeigefinger über die Scheibe und betrachtete den Finger.

»Erstklassige Arbeit«, sagte er und schnalzte mit der Zunge.

Wir hielten am Waldrand, ziemlich genau dort, wo der Großvater am Morgen gehalten hatte, und stiegen aus. Der Großvater zog eine Zigarre aus der Jacketttasche, biss die Spitze ab, spuckte sie ins Gras und steckte sich die Zigarre in den Mund. Er zog das Feuerzeug hervor, ließ es aufschnappen und rauchte die Zigarre an. Mit Daumen und Mittelfinger pickte er ein paar Tabakkrümel von der Zunge. Dann lehnte er sich zurück an den Kotflügel und paffte. Eine Weile lauschten wir den Rufen der Vögel aus dem Wald, dem Zirpen der Grillen, dem Wind in den Wipfeln der Bäume. Der Himmel färbte sich rot und ließ die Landschaft erglühen.

»Hier«, sagte der Großvater und hielt mir die Zigarre hin, »willst du 'n Zug?«

Ich schüttelte den Kopf und hielt mein Eis hoch, zum Zeichen, dass ich versorgt war.

»Hmmm –«, brummte der Großvater und steckte den Stumpen zwischen die Zähne. »Geht nichts über eine Zigarre zum Feierabend«, sagte er, »nur schön süffig muss sie sein. Und schön billig.« Er paffte vor sich hin und sah auf in den Himmel.

»Sind das wirklich Waffen im Kofferraum?«, fragte ich.

»Was?«, fragte der Großvater. »I wo«, sagte er und sah ganz verträumt aus dabei. »Werbematerial. Für die Firma. Wird im Knast produziert. Ist billiger.« Er sprach, als wäre er nicht ganz bei der Sache. »Den einen Teil machen die Knackis«, sagte er, »den anderen die Bekloppten.«

»Die Bekloppten?«

»Zeige ich dir. Bei Gelegenheit.« Er blies in die Glut seiner Zigarre, nahm zwei oder drei letzte, hastige Züge, warf die Zigarre in den Staub und trat sie aus. »Kein Wort davon zum Feldwebel«, sagte er und gab mir einen Klaps auf die Schulter.

Der Großvater wendete den Wagen und bog links ab auf die winzige Straße, an deren Ende die Großmutter wartete.

»Opa«, sagte ich, »warum nennst du die Oma Feldwebel?«

»Weil sie ein Feldwebel ist.« Er sah mich an. »Versteh mich nicht falsch«, sagte er, »ich liebe deine Großmutter. Sie hat jede Menge Ordnung in mein Leben gebracht. Wer weiß, wo ich heute wäre ohne sie. Aber sie ist und bleibt ein Feldwebel. Ach, und Leolino: Lass das mal mit dem Opa. Ich habe drei Vornamen: Wilhelm Gustav August. Kannst dir einen aussuchen.«

»Was sagen die anderen zu dir?«

»Welche anderen?«

»Deine Freunde.«

»Hmmm –«, brummte der Großvater.

»Was sagt Monette zu dir?«

Der Großvater sah mich an.

»Sag ich nicht«, sagte er.

»Was magst du am liebsten?«

Der Großvater seufzte.

»Du kannst einem Löcher in den Bauch fragen«, sagte er. »Na, meinetwegen, wenn es unbedingt sein muss. Die meisten nennen mich Jerry.«

»Gut«, sagte ich, »dann nehme ich Jerry.«

»Alles klar«, sagte der Großvater, »und nun, wo das geklärt wäre, gib mir mal die Lakritze, damit der Feldwebel am Ende nicht noch unnötig Verdacht schöpft.«

Die Großmutter stand in der Haustür, mit Kopftuch und Schürze, die Hände in die Hüften gestemmt.

»Da seid ihr ja!«, sagte sie.

Der Großvater griff nach dem Blumenstrauß, der auf der Rückbank lag und drückte ihn mir in die Hand.

»Ja, da sind wir«, sagte er durchs offene Fahrerfenster.

Ich stieg aus, warf die Tür zu und lief ums Auto herum, die Blumen hinter dem Rücken versteckt, sodass die Großmutter sie nicht sofort sehen konnte. Ich sah, wie der Großvater ausstieg und einen Arm um die Taille der Großmutter legte. Er küsste sie auf die Wange. Obwohl er zwei Stufen unter ihr stand, war er genauso groß wie sie. Die Großmutter sah mich an, über die Schulter des Großvaters hinweg.

»Was scharwenzelst du denn da herum?«, fragte sie.

»Für dich«, sagte ich, machte einen Ausfallschritt und hielt der Großmutter den Blumenstrauß hin.

Die Großmutter lächelte. Sie sah von mir zum Großvater und wieder zurück. Dann wischte sie sich die Hände an der Schürze ab, nahm die Blumen und roch daran.

»Das ist aber lieb von dir«, sagte sie. Für einen Moment dachte ich, sie würde anfangen zu weinen. Ihre Stimme klang so ungewohnt rau und weich. Stattdessen sah sie den Großvater an. »Das Plastikzeug drum herum hättet ihr allerdings vorher abmachen können.« Sie klemmte den Blumenstrauß unter den Arm. Wie einen

Regenschirm. »So, und nun Hände waschen!«, kommandierte sie. »Und am besten auch gleich das Gesicht. Essen steht auf dem Tisch!«

Schon beim Abendessen hatte ich Mühe, die Augen offen zu halten. Die Großmutter fragte, was wir den Tag über getrieben hätten.

»Nicht viel«, sagte der Großvater, »das Übliche.«

»Habt ihr an den Kaffee und die Schokolade gedacht?«

»Selbstverständlich. Kaffee steht auf der Anrichte. Schokolade habe ich in der Firma gelassen, damit sie nicht schmilzt bei der Hitze. Hole ich morgen. Muss sowieso nachmittags nochmal in die Stadt.«

»Und du?«, fragte die Großmutter, an mich gewandt. »Hast du dich amüsiert?«

Beim Zähneputzen konnte ich mich kaum noch auf den Beinen halten.

»Na«, sagte die Großmutter, »da ist ja jemand hundemüde.« Sie nahm mir die Zahnbürste ab und reichte mir den Zahnputzbecher. Ich nahm einen Schluck und gurgelte. Die Großmutter hielt die Zahnbürste unter das laufende Wasser. Plötzlich sah sie mich streng an. »Er hat dir doch keinen Alkohol gegeben?«, fragte sie.

Ich hielt inne im Gurgeln und schüttelte den Kopf.

»Dann ist gut.« Die Großmutter spülte den Zahnputzbecher aus und stellte die Zahnbürste hinein. »Man weiß nie bei ihm«, murmelte sie.

Ich spuckte aus und spülte mit Wasser nach.

»So«, sagte die Großmutter und klatschte in die Hände. »Und nun ab mit dir ins Bett!«

»Oma«, sagte ich, schon im Halbschlaf, als die Großmutter in der Tür stand, eine Hand auf der Türklinke,
die andere auf dem Lichtschalter, »warst du traurig, dass
ich mit dem Großvater unterwegs war?«

»Traurig?«, fragte die Großmutter. »Nein, ich war
nicht traurig.«

»Und wenn ich morgen wieder mitfahre?«

»Nun schlaf erst mal, mein Junge«, sagte die Großmutter, »und morgen sehen wir weiter.«

»Oma«, sagte ich und meine Stimme klang, als käme
sie von weither, »morgen bleibe ich bei dir.«

»Jetzt wird erst mal geschlafen«, sagte die Großmutter.

Eine Weile stand sie in der Tür. Dann löschte sie das
Licht.

Und wieder träumte ich von Lilia Kronstad. Zusammen
gingen wir auf den Rummel. Bei der Tombola gewann
ich ihr einen chinesischen Papiersonnenschirm und
am Schießstand einen schwarzen Plüschkater, der eine
Augenklappe trug. Ich kaufte ihr Waffeln und rosafar-
bene Zuckerwatte und ein Lebkuchenherz mit der Aufschrift »*EWIG DEIN*«, das ich ihr um den Hals hängte.
Wir fuhren Riesenrad, und Lilia, die mir mit wehendem
Haar auf der Bank gegenübersaß, leckte an einem kandierten Apfel, den sie in der Hand hin- und herdrehte.
Wir winkten den Paaren in den Gondeln über uns und
den Paaren in den Gondeln unter uns zu. Dann beugte
Lilia sich vor und hielt mir den Apfel hin. Ich leckte
daran, mit spitzer Zunge, und flüsterte:

»Ich liebe dich, Lilia«, sehr leise, dass man es kaum
hören konnte.

»Was sagst du?«, fragte sie und beugte sich weiter vor, sodass ihr das Lebkuchenherz zwischen den Knien baumelte.

»Ich –«, begann ich.

Doch Lilia machte:

»Sch –«, sehr sacht und sanft, und küsste mich, mit süßen, roten, kandierten Lippen und einer Zunge, die sich anfühlte und schmeckte wie die Liebe selbst.

Blauer Sommer

Als ich am Morgen erwachte, wusste ich zuerst nicht, wo ich war. Dann fiel mir alles wieder ein. Ich sprang aus dem Bett, zog mich an, in Windeseile, lief die Treppe hinunter und riss die Haustür auf.

»Dein Opa ist schon unterwegs«, sagte die Großmutter, die aus der Küche kam und sich die Hände an der Schürze abwischte. »Ich habe versucht, dich wach zu bekommen, aber du hast geschlafen wie ein Stein.« Sie strich mir mit der Hand durchs Haar. »Ganz zerzaust siehst du aus«, sagte sie und schloss die Haustür. »Mach dir keine Sorgen. Dein Großvater kommt sehr gut ohne dich klar.« Sie gab mir einen Klaps auf den Hintern. »Nun ab mit dir. Anziehen und waschen. Das Frühstück steht auf dem Tisch.«

Danach verpasste ich keinen Tag mehr mit dem Großvater. Am Abend ging ich früh ins Bett, um am Morgen ausgeschlafen zu sein. Ich stellte mir den Wecker, den ich der Großmutter abgeschwatzt hatte, und stand am Morgen noch vor dem Großvater auf. Ich wusch mich und kämmte mir die Haare, damit die Großmutter nicht schimpfte. Ich schlang das Frühstück hinunter, das sie mir bereitgestellt hatte. Ich putzte die Zähne, während der Großvater unten in der Küche seinen Morgenkaffee trank. Dann setzte ich mich draußen auf die Treppe, in die warme Sonne, die Augen halb geschlossen, in einer Art Halbdämmer, in dem die kuriosesten Dinge aufschienen, wie Nachbilder aus nächtlichen Träumen – ein Zug, dessen nachtblaue Waggons bunt bemalt waren mit Musikinstrumenten, Geige und Gitarre und Trompete, still daliegenden Landschaften mit Feldern und Flüssen und Wäldern, die man auf den Kopf stellen konnte, wie eine Schneekugel, die man auf dem Weihnachtsmarkt kaufte, dass der Himmel der Boden war und der Boden der Himmel, ein glitzerndes, blassblaues Meer, in das es Wolken und Möwen und Insekten regnete. Bis die Dinge sich aufzulösen begannen, in Farben und Formen und Figuren, aufscheinend und wieder verschwindend, wie Geister längst vergessener Tage und Zeiten und Jahrhunderte, und gerade, als alles sich auflöste, in ein endloses tiefes und undurchdringliches Schwarz, hörte ich die Stimme der Großmutter:

»Aufwachen, Träumer! Sonst fährt dein Opa ohne dich los.«

Jeden Tag verwandelte sich der Großvater vor meinen Augen. Er stoppte den Wagen, immer an derselben Stelle, nach etwa fünfhundert Metern, hinter der Kurve, sodass das Haus außer Sichtweite war. Und die Großmutter. Er klappte die Sonnenblende herunter und öffnete die Tür. Routiniert. Wie beiläufig. Zog den Kamm aus der Innentasche der Jacke. Drehte den Rückspiegel, sodass er sich darin sehen konnte. Kämmte die Haare zurück. Verstaute den Kamm. Setzte die Sonnenbrille auf. Drehte den Rückspiegel zurück in seine ursprüngliche Position. Zog die Zigaretten und das *Zündapp* aus der Brusttasche seines Jacketts, das am Haken hinter der Fahrertür hing. Ließ das Feuerzeug auf- und wieder zuschnappen. Hielt mir die Packung hin. Registrierte mein Kopfschütteln. Zuckte die Achseln und verstaute Zigaretten und Feuerzeug in der Ablage zwischen den Sitzen. Saß schweigend da, mit Blick auf die Landstraße und den morgendlichen Verkehr, und rauchte. Blies den Rauch aus der offenen Fahrertür. Nickte hin und wieder vor sich hin, als würde er sich selbst zustimmen, bei dem einen oder anderen Gedanken. Schnippte die Zigarette mit Daumen und Mittelfinger auf die Straße. Nahm einen Schluck aus dem Flachmann. Schloss die Tür, legte für einen Moment die Arme aufs Lenkrad und sah mich an.

»Dann mal los!«, sagte er und startete den Motor.

Überall, wo wir hinkamen, wurde der Großvater empfangen wie ein König.

»Jerry, altes Haus, komm doch rein!«, hieß es, wenn wir klingelten oder klopften.

Es kam vor, dass die Haustür sperrangelweit offen stand, jedoch niemand zu Hause war. Dann suchten wir den Herrn des Hauses auf dem Hof. Oft genug fanden wir ihn und oft genug an den entlegensten Orten: Auf dem Dach beim Ausbessern eines Sturmschadens oder Ausrichten einer Antenne. Auf dem Dachboden, im Stall, im Schuppen, im Heuschober, in der Werkstatt, in der Grube, auf einem Rollbrett unter einem Auto, das von einem Wagenheber in einer wackelig anmutenden Diagonalen gehalten wurde.

»Jerry!«, hieß es dann, und zum Vorschein kam ein alter Kunde des Großvaters, im Unterhemd, Öl auf der Stirn, vermischt mit Schweiß. »Lange nicht gesehen«, sagte der Kunde, putzte die Hände an einem alten, löchrigen Lappen ab, wischte sich mit dem Unterarm den Schweiß von der Stirn und fuhr sich mit der Hand durchs Haar. »Wen hast du uns denn da mitgebracht?«

Ungezählte Nachmittage in Küchen und Stuben, auf Terrassen, in Gärten, mit Kaffee und Butterkuchen und

Schlagsahne und einem Schnäpschen gegen den Durst. Männer, die den Großvater behandelten wie einen Freund oder einen Verwandten, den man lange nicht gesehen hatte. Frauen, die dem Großvater bewundernde Blicke zuwarfen und verlegen den Saum ihrer Schürzen kneteten, mit roten, rissigen, schwieligen Händen, die schwere Arbeit gewöhnt waren. Sonnenverbrannte Jungen in meinem Alter, die mich keines Blickes würdigten, Hände und Gesicht mit eiskaltem Wasser aus der Pumpe am Rande des Blumenbeetes wuschen, drei Stücke Kuchen in sich hineinschaufelten und noch im Kauen mit Kaffee nachspülten, bevor sie wieder verschwanden, im Dunst eines ewigen Nachmittags eines ewigen Sommers. Mädchen, die keck waren und mich nach meinem Namen fragten. Mädchen, die mich verstohlen anlächelten und knallrot anliefen. Mädchen, für die ich Luft war. Und über allem, wie dem Summen der Bienen und dem Singen der Vögel und dem Rascheln der Blätter in den Bäumen, die Stimme des Großvaters, der jeden mit Namen kannte, der Komplimente verteilte, ohne je zu dick aufzutragen dabei, der seine Geschäfte abwickelte – Verträge, Ratenzahlungen, Stundungen – wie nebenbei und nicht für einen Moment die Contenance verlor oder das Lächeln, der mir zuzwinkerte, immer mal wieder zwischendurch, den Zigarettenrauch durch die Nase kräuselnd, als wollte er sagen:

»Was ist das alles für eine herrliche Komödie, die wir hier aufführen?«

Karierte oder geblümte Plastiktischdecken. Wilde Blumensträuße in schlichten Glasvasen, das Wasser schlierig von den Pollen und verwelkten Blättern. Sonn- und Feiertagsgeschirr. Das Klappern der Kuchengabeln.

Das Klirren der Gläser. Kaffeesahne in angelaufenen silbernen Kännchen. Würfelzucker in Zuckerdosen. Frisch geschlagene Sahne. Frisch geerntete Beeren aus dem Garten. Kirschen und Konfekt. Äpfel, rotbackig wie im Märchen, hervorgezaubert aus den Untiefen einer gestärkten Schürze, abgerieben von allen Seiten, an der blütenweißen Bluse, und mir dargereicht, als wäre ich Schneewittchen und die Bäuerin die böse Königin. Eine Zitronenlimo mit Strohhalm oder ein Eis aus dem Tiefkühlfach, Vanille, Erdbeer, Schokolade, serviert in einem Glasschälchen. Wespen, die um die Kuchenreste kreisten. Der schlafende Hund unter dem Tisch. Hühner, die im Sand vor dem abgezäunten Stall Körner pickten. Der Gesang eines Kuckucks von irgendwoher. Ein kollernder Specht. Der Ruf einer Eule.

Seltsame Entdeckungen, die ich machte, auf meinen Streifzügen über die Gehöfte, wenn der Schnaps auf den Tisch kam und ich mich davonstahl, auf leisen Sohlen, um für ein Weilchen für mich zu sein: Die Fledermäuse, die von der Decke hingen, auf einem Dachboden voller alter Bienenkörbe und dazu einem Regal mit grünen Flaschen und Kanistern, auf denen ein Totenkopf prangte. Pistolen und Gewehre, fein säuberlich aufgereiht in einem unabgeschlossenen Schrank im Schatten der Treppe ins obere Stockwerk des Hauses. Die alte Frau im Sessel eines überheizten Zimmers, die mich an der Hand nahm und mir den verletzten Vogel zeigte, den sie in einer mit Gras und Stroh ausgelegten Küchendurchreiche aufpäppelte. Die Zugvögel in immer neuen Formationen am Himmel. Die Wolken, flüchtig, fast durchsichtig, wie Watte ins ewige Augustblau getupft. Der Geruch von Staub und Sonne und Sommer. Der

Rasensprenger, der einen feinen schimmernden Regenbogen über das Grün der Gärten zauberte. Das Mädchen, das vor der Stalltür stand, in einem geringelten T-Shirt, das ihr bis zum Bauchnabel reichte, und einer sehr kurzen Jeans, Kaugummi kauend, das linke Bein angewinkelt, die Arme verschränkt, unterhalb der Brüste, die sich spitz unter dem Stoff abzeichneten.

»Komm«, sagte sie und streckte den Arm aus, »ich zeig dir was.«

Und eben wollte ich eintreten, zögerlich, ins schattige Dunkel des Stalls, den süßen Kaugummiatem des Mädchens im Nacken, ihre schwitzige, klebrige Hand in meiner, da pfiff der Großvater. Dreimal. Durchdringend. Auf zwei Fingern. Das verabredete Zeichen. Ich machte mich los, im letzten Moment, und saß keine halbe Minute später im Auto, in dem die Hitze sich staute und der Schlüssel im Zündschloss baumelte. Drückte den Türschließer hinunter, für alle Fälle, und spähte verstohlen hinüber zum Stall.

»Da bist du ja«, sagte der Großvater und drehte den Schlüssel im Zündschloss. Er nahm einen letzten Zug, schnippte die Zigarette auf den Hof und schloss die Fahrertür. »Sieh mal, da drüben«, sagte er und wies mit einer unmerklichen Kopfbewegung Richtung Stall, wo das Mädchen stand, als wäre nichts gewesen, ein Bein angewinkelt, die Arme verschränkt. »Ein Satansbraten«, sagte der Großvater.

Das Mädchen sah uns an. Ungerührt. Dann blies sie das Kaugummi auf. Größer und größer wurde die Blase, deren Farbe sich veränderte, von rosa nach weiß. Bis sie platzte, mit einem Knall, und das Kaugummi das Gesicht des Mädchens bedeckte. Für einen Moment hörte das Kauen auf. Mit flinken Fingern sammelte das Mädchen die Fetzen von Kinn und Wangen, knetete das Kaugummi zu einer festen Kugel, schob die Kugel zurück in den Mund und kaute weiter, als wäre nichts gewesen.

An manchen Nachmittagen war es so heiß, dass uns die Klamotten am Körper klebten. Wir kurbelten sämtliche Fenster herunter. Das Hemd des Großvaters färbte sich dunkel am Rücken und unter den Achseln. Die Dörfer wie ausgestorben. Die Staubwolke, die wir aufwirbelten, bei der Einfahrt ins Dorf, hing noch immer in der Luft, wenn wir es Stunden später wieder verließen.

Heraufdämmernde Abende in verräucherten Kneipen, der Großvater an der Bar, hemdsärmelig, auf einen kleinen Absacker nach Feierabend, ich brav neben ihm, auf einem viel zu hohen Barhocker, ein Glas weiße oder gelbe Brause vor mir. Und eine Packung gesalzene Erdnüsse, die ein Trinkkumpane des Großvaters mit den Zähnen aufriss und über den Tresen verteilte. Klackende Billardkugeln, die Melodie eines Spielautomaten. Verlassene Bahnhofsbuffets, Sägespäne auf dem Boden, ein altes, verstimmtes Klavier an der Wand, auf dem der Großvater klimperte, während die Kellnerin ein neues Glas brachte und ihm schöne Augen machte. Genossenschaftskontore, mit Säcken voller Getreide und Gewürzen und Kartoffeln und Mais. Kisten randvoll mit frisch geernteten Gurken. Radieschen. Karotten. Kohlrabi. Körbeweise Kirschen. Alte Waagen mit rostigen Gewichten darauf. Werkzeuge und Maschinenteile. Arbeits- und Gartenhandschuhe. Gartenschläuche.

Ein Kalender an der Wand über dem Verkaufstresen: Knapp bekleidete, braun gebrannte Schönheiten in exotischer Kulisse, die nur darauf zu warten schienen, vom Betrachter auf einen Cocktail eingeladen zu werden. Der Großvater im Gespräch mit einem Mitarbeiter, den ein- und ausgehenden Bauern, den Ladenschwengeln, dem Dorfsäufer. Jeden, der hereinkam, kannte er mit Namen.

Am Abend saßen wir an den Gleisen, im Schatten des Güterbahnhofs, zwischen Brombeersträuchern und Brennnesseln, und sahen die Sonne über dem Kieferwäldchen untergehen. Die Dachziegel des alten Bahnhofsgebäudes wie entflammt von dem roten Ball, der jenseits der Baumwipfel versank. Der Großvater saß auf der Böschung, die Füße auf dem äußeren Schienenstrang, und rauchte. Ein Hund bellte von irgendwoher. Schwalben kreuzten im Tiefflug über das Gelände. Ein Schwarm Rauchschwalben bahnte sich seinen Weg am Himmel, zwischen verblassenden Kondensstreifen, strahlend im sich verdunkelnden Blau. Plötzlich legte der Großvater den Finger auf die Lippen. Er legte den Kopf schief und sah mich an.

»Ich glaube, ich höre ihn«, flüsterte er. Er kniete sich neben das Gleis und legte den Kopf auf die Schiene. Er lauschte, den Zeigefinger auf den Lippen. Dann nickte er. »Yes, Sir«, sagte er leise und winkte mich herbei. »Hör selbst.«

Ich legte den Kopf auf die Schiene, ganz wie der Großvater, und lauschte.

»Hörst du?«, zischte der Großvater.

Und ja, jetzt hörte ich es: Ein Sirren, sehr leise, hoch und klirrend. Dann ein Zittern, fast unmerklich.

»Wird gleich hier sein«, flüsterte der Großvater.

Ich hob den Kopf und blickte in die Richtung, in die der Großvater blickte. Der Großvater presste das Ohr auf die Schiene.

»Zwei, vielleicht drei Kilometer«, sagte er und begann, in der Hosentasche zu kramen. »Kommt nur einmal die Woche. Die Leute nennen ihn den Geisterzug, weil er so schnell ist und nirgendwo anhält.« Er zog eine Geldmünze hervor und legte sie auf die Schiene. »Es ranken sich alle möglichen Geschichten um den Zug«, sagte er. »Niemand weiß, wo er herkommt und wo er hinfährt. Niemand weiß, was er geladen hat.«

Ich sah den Großvater an.

»Was er geladen hat?«, fragte ich.

»Es gibt Gerüchte«, sagte der Großvater und wies mit einer Kopfbewegung gen Westen. »Da kommt er.«

Ich drehte den Kopf. Und tatsächlich: Da kam er. Zwei glühende Glotzaugen in der einfallenden Dunkelheit.

»Komm«, sagte der Großvater und nahm mich am Arm. Im Gebüsch, hinter einem Stapel verrosteter Schienenstücke, sahen wir ihn vorbeiziehen. Ein Ungetüm aus Licht und Schatten, achtundzwanzig Waggons, unbewegt und geheimnisvoll. Eine rote Laterne als Schlussleuchte am letzten Wagen, die sich nach und nach durch die Dunkelheit wand, bis sie schließlich verschwunden war, irgendwo im herabsinkenden Tintenblau des Ostens. Der Großvater wagte sich aus der Deckung hervor und lief zu den Gleisen. Er nahm die Münze und hielt sie hoch, zwischen Daumen und Zeigefinger. Betrachtete sie im letzten Licht des fahlen Himmels.

»Hier«, sagte er, mit rauer Stimme, und schnipste mir die Münze zu, die eine platte, hauchdünne Scheibe war und sich warm anfühlte, wenn man die Finger darum schloss. »Soll keiner sagen, dass du den Geisterzug nicht gesehen hast«, sagte der Großvater.

Zwei oder drei Mal in der Woche fuhren wir in die Stadt. Der Großvater drückte mir einen Zehner in die Hand und sagte, ich solle schön brav meine kalte Zitrone trinken und vor dem Eiscafé auf ihn warten, er hätte etwas Geschäftliches zu erledigen. Ich wartete, treudoof wie ein Schaf, trank meine Zitrone und sah die Leute vorbeiflanieren. Las meine Comics. Sah immer wieder auf die Uhr über dem Juwelierladen schräg gegenüber. Nach etwa einer Stunde kam der Großvater wieder. Er sah zufrieden aus. Und etwas zerzaust. Setzte sich zu mir an den Tisch, bestellte einen doppelten Espresso, zündete sich eine Zigarette an und verschränkte die Arme hinter dem Kopf. Die Kellnerin brachte den Kaffee. Sie scherzte mit dem Großvater, den sie »Caro« nannte und »Bello«. Sie zwinkerte mir zu und sagte, ich solle gut aufpassen auf den Großvater, dass er keine Dummheiten machte. Der Großvater zahlte und gab ein großzügiges Trinkgeld.

»Den Zehner behalt mal«, sagte er, als ich den Schein aus der Hosentasche kramte. Er stieß seine Tasse gegen mein Glas. »Chin-chin«, sagte er.

»Was sind das für Geschäfte, die du in der Stadt zu erledigen hast?«, fragte ich.

Der Großvater verschluckte sich an seinem Espresso.

»Kann ich nicht mitkommen beim nächsten Mal?«, fragte ich und klopfte dem Großvater mit der flachen Hand auf den Rücken.

»Danke, geht schon«, sagte er, nahm die Sonnenbrille ab, wischte sich mit dem Handrücken den Schweiß von der Stirn und nippte an seinem Espresso. Als wäre nichts gewesen.

»Und?«, fragte ich.

»Und was?«

»Kann ich mitkommen?«

»Bist du eine Nervensäge«, sagte er und sah mich an. Prüfend. Und abwägend. »Na gut«, sagte er und seufzte. »Gewonnen. Beim nächsten Mal nehme ich dich mit.«

Jeden Abend hielten wir an der Tankstelle. Der Großvater verschwand auf die Toilette, wusch und kämmte sich. Kaufte Blumen oder Konfekt oder ein Modemagazin für die Großmutter und ein Eis für mich. Manchmal brachte er mir ein Comic mit. In der Zwischenzeit lief ich mit Eimer und Schwamm ums Auto und reinigte die Fenster und den Kühlergrill. Zum Schluss kam die Windschutzscheibe, die derart befleckt war vom Blut tausender toter Insekten, dass man kaum noch hindurchsehen konnte. Dann trug ich den Eimer zurück zur Zapfsäule und hängte ihn an seinen Haken. Wortlos stiegen wir ein und fuhren das kleine Stück bis zu dem Feldstück, an dem der Großvater allabendlich seinen Arbeitstag beendete. Mit einer billigen Zigarre, die er rauchte, während ich mein Eis aß. Wir sprachen nicht viel. Saßen einfach da und sahen auf die Felder, sanft und rot in der Abendsonne, das Korn vom Wind bewegt. Sahen den Mond aufgehen, fahl und weiß, über den Wäldern. Hörten das Heulen der Hunde aus den umliegenden Dörfern. Das entfernte Pfeifen eines Zuges. Nur manchmal, sehr selten, sprachen wir. Und wenn, dann meist der Großvater:

»Es ist Blödsinn, was die Leute sagen, von wegen: Früher war alles besser. Nichts war jemals besser. Zu keiner Zeit. Vielleicht einfacher und überschaubarer. Man konnte sich leichter zurechtfinden in der Welt. Aber besser?« Er drückte die Zigarre an dem Baumstumpf aus, auf dem er saß. »Die Leute klammern sich ans Gestern«, sagte er, »weil sie Angst haben vor dem Morgen.«

Die Großmutter sah ich jetzt nur noch nach Feierabend und am Wochenende. Eines Abends kam sie zu mir ins Zimmer, ein Päckchen unter dem Arm. Sie setzte sich auf die Bettkante und legte das Päckchen in ihren Schoß. Sie strich mir die Haare aus der Stirn.

»Ich habe das Gefühl, du bist schon wieder gewachsen«, sagte sie. Sie lächelte. »Und Farbe hast du bekommen.« Sie sah mich an, etwas forschend und zerstreut. Dann gab sie mir das Päckchen. »Hier«, sagte sie, »das kam heute mit der Post.«

Ich betrachtete das Päckchen. Die Briefmarken rechts oben in der Ecke, die Stempel, wie Wellenlinien über den Marken, die Handschrift meiner Mutter, fein säuberlich im Zentrum.

»Willst du es nicht aufmachen?«, fragte die Großmutter. »Warte«, sagte sie. Sie stand auf, öffnete die Schreibtischschublade und kramte darin. »Hier«, sagte sie und reichte mir die Schere.

Ich schnitt das Päckchen am äußersten Rand auf, legte die Schere auf den Nachttisch und stellte das Päckchen auf den Kopf, sodass der Inhalt auf die Bettdecke fiel. Ein Brief meiner Mutter in einem Umschlag, auf dem mein Name stand. Süßigkeiten. Kaugummi. Lakritze. Ein Kartenspiel. Ein Kompass. Blei- und Buntstifte. Und eine Postkarte von Lilia Kronstad.

»Ich lass dich mal allein mit deinen Gaben«, sagte die Großmutter. Sie stand auf, legte die Schere zurück an ihren Platz und schloss die Schublade. »Gehen wir morgen zusammen in die Kirche?«, fragte sie.

»Ja«, sagte ich und schob die Postkarte so unauffällig wie möglich unter eine Tafel Schokolade.

Am Sonntag in der Kirche stieß die Großmutter mir den Ellbogen in die Seite. Mit dem Kopf wies sie in Richtung der Familie, die in letzter Sekunde eintraf, bevor die Türen geschlossen wurden. Ein Mann in einem Maßanzug, der eine Frau in einem weißen Kleid am Arm führte, die mindestens zehn Jahre jünger war als er. Als wäre dies eine Hochzeit und sie seine Braut. Im Gleichschritt vor dem Paar zwei Mädchen, Zwillinge, im Alter von etwa zehn Jahren, wie aus dem Ei gepellt und bis aufs Schleifchen im Haar exakt gleich angezogen. Dazu ein Junge, ebenfalls im Anzug, der verdrossen dreinschaute und verstohlen nach den großen Schwestern trat, als diese nicht schnell genug ihren Platz in der Kirchbank einnahmen.

»Wer ist das?«, flüsterte ich.

»Packebuschs«, flüsterte die Großmutter. Als würde das alles erklären.

»Wer sind Packebuschs?«, fragte ich. In der Hoffnung, auf unerwartetem Weg eine Erklärung dafür zu bekommen, dass der Großvater Packebusch verabscheute.

»Sch –«, sagte die Großmutter und legte den Zeigefinger auf die Lippen.

Auch im Auto, auf der Fahrt nach Hause, bekam ich nicht viel mehr aus ihr heraus.

»Packebuschs gehört das *Hotel Am Wald*«, sagte die Großmutter. »Und der *Gasthof Grüner Forst* auf dem

Weg in die Kreisstadt. Und jede Menge Ländereien hier im Umkreis. Der alte Packebusch hat ein Vermögen gemacht. Mit Öl. Seine drei Söhne leben alle hier in der Gegend. Dem Ältesten, Heinrich, gehört die Schlachterei drüben in Harsloh. Thies Packebusch kümmert sich um die Gasthäuser. Clemens, der Jüngste, unterhält eine Anwaltskanzlei in der Stadt.«

»Ist Clemens der, den wir in der Kirche gesehen haben?«

»Nein. Das war Thies. Der mittlere. Ist mit mir zur Schule gegangen. Ob du's glaubst oder nicht. Er hat sogar mal um meine Hand angehalten. Vor ewigen Zeiten. Ich habe ihn eine Weile zappeln lassen, damit er mal an was anderes denkt als an sein Bankkonto und seine Karriere. Dann habe ich ihn abblitzen lassen. Gerade, als ich mir sicher war, dass er sich sicher war.« Die Großmutter gluckste. »Aber kein Wort davon zu deinem Großvater«, sagte sie, »Packebusch ist ein rotes Tuch für ihn.«

Die Postkarte nahm ich mit, am Nachmittag, in den Pavillon. Auf der Vorderseite die Ansicht des Schlosses von Versailles. Auf der Rückseite ein einziger Satz, in einem Blau so tief und klar wie der Himmel auf der Vorderseite. So tief und klar wie das Blau der Augen Lilias selbst:

> »*J'ai un petit*
> *scarabée d'or*
> *dans*
> *la tête*«

Darunter ihr Name: *Lilia*.

Rechts daneben, nur ein paar wenige Zentimeter darüber: *Leo.*

Von ihrer Hand geschrieben. Was immer die vier Zeilen, die sie hingeworfen hatte, bedeuten mochten, sie bedeuteten die Welt für mich.

Beim Abendbrot ließ die Großmutter die Katze aus dem Sack.

»Ihr beide kommt ja sehr gut ohne mich klar«, sagte sie und blickte in die Runde, die Teetasse in den schmalen Fingern beider Hände. »Deshalb habe ich beschlossen, ein paar Tage zu Agnes zu fahren.«

Fragend sah ich den Großvater an.

»Die Schwester deiner Oma«, sagte er. »Wie lange fährst du?«

»Eine Woche«, sagte sie. »Vielleicht zehn Tage. Am Donnerstag geht es los.«

Am Morgen brachten wir die Großmutter zum Bahnhof in der Kreisstadt. Tagelang hatte sie Sachen gepackt, Fahrpläne studiert, die Uhren nach dem Glockenschlag gestellt. Sie hatte vorgekocht und das Gekochte eingefroren, fein säuberlich beschriftet, Wochentag für Wochentag. Sie war beim Frisör und bei der Bank gewesen. Im Reisebüro hatte sie sich die besten Verbindungen heraussuchen lassen und eine Fahrkarte gekauft. In der Nacht vor ihrer Abreise war sie so aufgeregt gewesen, dass sie kein Auge hatte zumachen können. Bei Tagesanbruch saß sie in der Diele, neben sich ihren gepackten Koffer, die schmale Handtasche in den behandschuhten Händen, die sie immer wieder öffnete, um nachzusehen, ob alles an seinem Platz war.

»Wagen 4, Sitz 35«, murmelte sie vor sich hin, während wir auf dem Bahnsteig standen, in der dunstigen Hitze eines frühen Augustmorgens. »Ob es je wieder regnet?«, fragte sie unversehens, streckte eine Hand aus, als erwartete sie, dass ein erster, lang ersehnter Regentropfen hineinfiele, und sah auf zum Himmel, der so knallblau und wolkenlos war wie schon seit Wochen.

»Ganz sicher wird es das«, sagte der Großvater, der merkwürdig einsilbig schien an diesem Morgen. Als wäre er ein wenig verlegen. Trat von einem Bein aufs andere und drehte den Hut in den Händen.

»Da kommt der Zug«, sagte ich, hielt die flache Hand an die Brauen und kniff die Augen zusammen.

Die Großmutter starrte in die flirrende Morgenhitze.

»Ich sehe nichts«, sagte sie.

»Doch, ganz sicher«, sagte ich und fixierte den schwarzen Punkt am Ende des Gewirrs endlos in- und auseinanderlaufender Schienenstränge.

»Deine Augen möchte ich haben«, sagte die Großmutter. Sie strich den dreifach gebügelten Rock glatt, entfernte ein imaginäres Staubkorn von ihrer Bluse, öffnete die Handtasche, sah hinein, schloss die Handtasche wieder und rückte das Hütchen zurecht, dass ihr etwas schräg gestellt auf dem Kopf saß.

Der Zug ließ seine Pfeife ertönen.

»Ja«, sagte die Großmutter, »jetzt sehe ich ihn auch.« Sie legte ihre winzige Hand in meine und sah mich mit festem Blick an. »Dass ihr mir keine Dummheiten macht«, sagte sie und zog ihre Hand aus meiner, in der sie, wie ich nun merkte, einen Zwanziger platziert hatte. »Und du«, sagte sie, an den Großvater gewandt, »pass gut auf den Bengel auf.«

Der Großvater legte einen Arm um die Taille der Großmutter und küsste sie, den Hut in der Hand, der auf dem Po der Großmutter zu liegen kam. Der Zug fuhr ein, mit einigem Getöse. Die Großmutter löste sich aus der Umarmung, schüttelte lächelnd den Kopf, rückte das Hütchen zurecht, öffnete die Handtasche, sah hinein, schloss sie wieder, nickte entschieden und sprach den Schaffner an, der in der offenen Tür stand.

»Wagen 4, Platz 35?«, fragte sie.

Der Schaffner sah die Großmutter an. Dann den Großvater. Dann mich. Er zwinkerte mir zu und bot der Großmutter seinen Arm an.

»Wenn es der Dame recht ist«, sagte er, »werde ich Sie persönlich an ihren Platz geleiten.«

Die Großmutter schien etwas unschlüssig.

»Gut«, sagte sie schließlich und hakte den Arm in den des Schaffners ein.

»Welcher Wagen, sagten Sie?«, fragte der Schaffner.

»Wagen 4, Platz 35«, sagte die Großmutter.

»Es ist mir ein Vergnügen«, sagte der Schaffner.

»Oma!«, sagte ich, »Vergiss deinen Koffer nicht!«

Räuberpistolen

Mit der Zeit wurde der Großvater immer gesprächiger. Besonders am Abend, wenn er seine Zigarre rauchte. Und alles hatte damit angefangen, dass ich ihn nach Packebusch fragte. Er sah mich an. Eine Weile. Als überlegte er, ob ich Manns genug sei, herunterzuschlucken und zu verdauen, was er mir über Packebusch erzählen könnte.

»Reicher Angeber«, brachte er schließlich hervor.

»Deshalb magst du ihn nicht?«

»Spielt Golf«, sagte der Großvater, »im *Country-Club* in der Kreisstadt.« So wie der Großvater es sagte, klang es, als wäre er kurz davor, sich beim bloßen Gedanken daran zu übergeben. Er schüttelte den Kopf. »Einmal im Jahr lädt er seine Geschäftspartner zur Jagd ein. Zusammen mit seinen Brüdern. Auf seinen Ländereien. Im Herbst. Lässt extra einen Kräuterschnaps dafür brennen. Das *Hotel Am Wald* gehört ihm. Und der *Grüne Forst* auf dem Weg in die Stadt.«

»Ich weiß«, sagte ich.

»So«, sagte der Großvater, »und woher, wenn ich fragen darf?«

Ich biss mir auf die Lippen.

»Vom Feldwebel«, sagte ich schließlich kleinlaut.

Der Großvater sah mich an. Sehr lange und sehr ernst. Dann nickte er. Langsam und bedächtig.

»Hat versucht, deine Großmutter anzugraben, in jungen Jahren, ob du's glaubst oder nicht.«

»Anzu-*was*?«

»Anzugraben«, sagte der Großvater. Er sah mich an. »Was sagt ihr denn dazu heutzutage?«

»Keine Ahnung«, sagte ich.

»Machte ihr Anträge und was weiß ich«, sagte der Großvater, »obwohl er wusste, dass ich ein Auge auf sie geworfen hatte.« Er blickte in irgendein Nichts, eine ganze Weile.

»Und dann?«, fragte ich, um ihn daran zu erinnern, dass ich noch da war.

»Hätte ich mich fast mit ihm geprügelt. Auf dem Dorffest. Weil er von deiner Großmutter gesprochen hat, als wäre sie ein – eine –«

»Eine was?«

»Na, du weißt schon«, sagte der Großvater. »Ich war außer mir und wollte ihm das Maul stopfen. Stattdessen haben seine Brüder mich festgehalten. Einer links, einer rechts. Und Thies Packebusch hat mir eine Abreibung verpasst. Die feige Sau. Aber genutzt hat es ihm nichts. Denn danach war er unten durch bei deiner Großmutter. Abblitzen lassen hatte sie ihn schon eine ganze Weile vorher. Wovon ich aber nichts wusste, weil ich unterwegs war, in aller möglichen Herren Ländern. Schließlich bin ich zurück zu ihr, mit Blumen und Pralinen, wie ein begossener Pudel, und habe um ihre Hand angehalten.«

»Und sie?«, fragte ich, weil der Großvater wieder ins Nichts zu starren begann.

»Hat Ja gesagt«, sagte der Großvater. »Aus Mitleid. Wie sie seit fünfundzwanzig Jahren nicht müde wird zu betonen.«

»Mein Vater ist in den Krieg gezogen. Mit großer Begeisterung. Als wäre es sein eigener. Er ist niemals wieder nach Hause gekommen. Meine Mutter war Näherin. Arbeitete von früh bis spät, um die Familie durchzubringen. Oft bis in die Nacht hinein. Kleider. Anzüge. Kostüme. Für die bessere Gesellschaft. Nebenbei zog sie fünf Kinder groß. Drei Mädchen, zwei Jungen. Ich war der Zweitjüngste. Mit meinem älteren Bruder verband mich so gut wie nichts. Außerdem war er überzeugter Nazi. Genau wie mein Vater. Vielleicht wäre ich auch einer geworden, wenn mir nicht jede Form von Vereinsmeierei auf den Wecker gegangen wäre. Von Uniformen, Waffen und Massenaufläufen ganz zu schweigen. Man musste den Führer nur rumschreien hören, bei seinen sogenannten Reden, und wusste sofort, woran man war bei dem Mann. Dabei war ich noch ein Kind, als ich Hitler das erste Mal im Radio hörte. Im Übrigen ohne ein Wort zu verstehen. Der Ton der Stimme reichte. Die Art, wie er sprach. Als würde er mit Buchstaben schießen. Am liebsten war mir meine kleine Schwester. Alma. Die Jüngste. Heute lebt sie in Marpingen im Saarland und wir sehen uns nur selten. Der Krieg spielte die Hauptrolle in unseren Leben. Spätestens nach meinem Abenteuer mit den Amerikanern an der Brücke, kam ich praktisch nur noch zum Schlafen nach Hause. Lieferte am Monatsersten das Geld ab, das ich verdiente. Einen Teil davon. Niemand stellte mir Fragen. Niemand schien mich übermäßig zu vermissen.«

»An die Brücke stellten sie mich ganz zum Schluss. In den letzten Kriegstagen. Drückten mir eine Uniform in die Hand, die viel zu groß war. Mit einem Loch im Ärmel. Und ein Gewehr, das ich kaum tragen konnte. Geschweige denn bedienen. Sagten, ich solle schießen, auf alles, was sich bewegt, sofern es in feindlicher Absicht käme. Dann fuhren sie zurück in die Stadt und ließen mich stehen. Ohne Proviant. Ohne Wasser. Hatten es eilig wegzukommen, die Herren. Es war ziemlich warm, also zog ich erst mal die Jacke aus, sobald der Wagen außer Sichtweite war. Dann setzte ich mich auf die Brücke, mit dem Rücken am Geländer. Irgendwann kam der Feind dann wirklich. Am Nachmittag. Ich stand auf, warf das Gewehr ins Gras und hob die Hände. Die Soldaten lachten, als sie mich sahen. Sie schenkten mir Kaugummi und Schokolade und Zigaretten. Sagten, ich hätte Glück, der Krieg sei aus. Wären sie einen Tag vorher gekommen, hätten sie mich erschossen. Später habe ich für sie gearbeitet. Für die Amerikaner, meine ich. Erst als Laufbursche, dann als Fahrer. Habe die Soldaten in die Stadt gebracht. Zum Einkaufen. Oder zum Saufen. Habe ihnen Frauen besorgt. Und Schnaps. Und was immer sie brauchten. Wäre ich nicht deiner Großmutter begegnet, hätte ich vielleicht Elvis chauffiert. Vom Stützpunkt zur Villa, in der er wohnte, mit seiner Familie und seinen Freunden. Du weißt, wer Elvis war? Ein Kollege von mir hatte das Vergnügen. Jahre später. Sagte, Elvis sei sehr höflich gewesen. Und sehr zurückhaltend. Ganz anders als die meisten anderen Amerikaner. Ganz anders, als man ihn sich vorgestellt hatte. Sagte, Elvis sei der bestaussehende Mann gewesen, dem er je begegnet sei. Habe ausgesehen wie einer dieser Engel auf den Bildern von Michelangelo. Mag sein, dass Elvis aussah wie ein Engel. Aber seine Musik? Hat mich nie berührt. Wahrscheinlich wegen Hank. Ich war zufällig in der Kaserne, um einem Offizier einen Brief seiner Liebsten zu überbringen, als ich die Musik hörte. Das war viele Jahre vor Elvis. Nicht lange nach dem Krieg. Ich vergaß den Brief. Völlig. Ich lief und lief, bis ich das Gebäude gefunden hatte, auf dem riesigen Gelände. Ein Club, in dem die Amerikaner abends ihren Whisky tranken. Und deutsches Bier. Mit deutschen Mädchen im Arm. Und einer

Lucky Strike ohne zwischen den Lippen. Die Wachen vor dem Club wollten mich nicht reinlassen, aber ich hatte Glück: Ein Sergeant, dem ich einmal ein Medikament besorgt hatte, das er dringend brauchte, gegen sein Sodbrennen, erkannte mich und nahm mich mit in den Club. Viel sehen konnte ich nicht, bei all den Leuten und all dem Rauch, und die Musik erschien mir ohrenbetäubend laut. Nach drei oder vier Songs hatte ich mich an den Krach und den Rauch und das Johlen des Publikums gewöhnt. Auf der Bühne standen drei Männer. Der Sänger sah aus, als wäre es mindestens zwei Wochen her, dass er eine feste Mahlzeit zu sich genommen hatte. In seinem Anzug sah er ungefähr so deplatziert aus wie ich in meiner Uniform am Brückenpfeiler ein paar Jahre zuvor. Aber wenn er den Mund aufmachte, klang es, als würde er direkt zu mir singen. Obwohl ich nur die Hälfte von dem verstand, was er sang oder sagte. Zwei oder drei Songs später war der Spuk auch schon vorbei. Ich verließ den Club und überbrachte den Brief. Dann lief ich nach Hause. Ich hätte schreien und weinen und lachen und juchzen können. Und ich schrie und weinte und lachte und juchzte. Und sprang herum wie ein Verrückter auf der verlassenen Landstraße. Das Herz lief mir über. Mir wurde klar: Mein ganzes Leben hatte ich mich wie ein Schlafwandler gefühlt. Diese Musik, in diesem Club an diesem Abend in der Kaserne hatte mich geweckt.«

»Nachdem ich Hank gesehen hatte, wollte ich eine Weile keine andere Musik mehr hören. Die GIs lachten über mich und schenkten mir Singles, die sie von zu Hause mitgebracht hatten. Im amerikanischen Militärradio gab es eine Sendung, einmal täglich, in der mindestens

ein Song von Hank gespielt wurde: *Hillbilly Gasthaus.*
Ich verpasste keine Folge.«

»Sie nannten mich Billy. Billy the Kid. Ich war sehr
dienstbeflissen und zuverlässig. Nur manchmal verschwand ich, für einen Nachmittag oder ein Wochenende, in einer dieser Scheunen irgendwo auf dem Weg
vom Stützpunkt in die Stadt. Ich weiß auch nicht, was
es war. Wochenlang sah ich die Dinger gar nicht, dann
zogen sie mich plötzlich magisch an. In diesen Scheunen war es so still und verlassen wie nirgendwo sonst.
Man vergaß die Zeit. Und die Welt. Sah die Sonne in den
Ritzen zwischen den Brettern ihre Farbe verändern. Sah
die Schatten wandern und länger werden. Nachts lag ich
wach und lauschte dem Regen, der aufs Dach trommelte.
In immer neuen Tonarten. Mal leicht, mal schwer, mal
sanft, mal mächtig. Dann irgendwann trat ich hinaus,
zurück in die Welt. Es brauchte dann immer ein Weilchen, bis ich mich wieder zurechtgefunden hatte.«

»Hank hat in seinem Leben nur eine Frau geliebt.
Audrey Sheppard. Eine Blondine, völlig unmusikalisch,
die sich aber selbst zum Star berufen fühlte. Hank war
ihr verfallen. Und sie ihm. Die beiden konnten es nicht
einen Tag ohne einander aushalten. Das Problem war:
Sie hielten es auch kaum einen Tag miteinander aus.
Geheiratet haben die beiden, ob du es glaubst oder nicht,
an einer Tankstelle. In Andalusia, Alabama. Noch in
der Hochzeitsnacht gab es Streit. Hank betrank sich,
Audrey machte ihm Vorhaltungen, Hank warf alle ihre
Sachen aus dem Fenster, raus auf die Straße. Audrey
rief die Polizei. Hank verbrachte seine Hochzeitsnacht

im Gefängnis. In der Ausnüchterungszelle. Am Morgen kam er frei, gegen Kaution, und versöhnte sich mit Audrey. Und sie sich mit ihm. Zusammen gingen sie auf Tournee und er gab ihr einen Solo-Spot als Sängerin. Obwohl sie keinen geraden Ton rausbrachte. Drei Jahre ging das so, dann ließen sie sich scheiden. Sie sagte, Hank sei trunksüchtig. Er sagte, sie wolle die Hälfte seines Ruhms, obwohl sie keinen Funken Talent hätte. Ein klassischer Fall von: Beide Seiten haben recht von ihrer jeweiligen Seite aus gesehen. Die Tinte unter den Scheidungspapieren war noch nicht trocken, da waren Hank und Audrey wieder ein Paar. Ein paar Tage hielt der Frieden. Dann ging alles wieder von vorne los: Gegenseitige Vorwürfe, Anschuldigungen, Streitereien, Handgreiflichkeiten. Versöhnungsarien und Beteuerungen am Morgen danach. Große gegenseitige körperliche Anziehung. Obwohl Hank mit einem chronischen Rückenleiden und einem Hang zum Alkoholismus, nicht zuletzt um die Schmerzen zu betäuben, psychisch und physisch schon mit Mitte zwanzig im Körper eines alten Mannes lebte. Mit achtundzwanzig ließ er sich ein zweites Mal von Audrey scheiden. Mit neunundzwanzig starb er. In der Nacht zu Neujahr. In Oak Hill, West Virginia. Auf der Rückbank seines *Cadillacs*.«

»Deine Mutter war jung, als du auf die Welt kamst. Aber deine Großmutter war noch jünger, als deine Mutter geboren wurde. Ich wusste eine ganze Weile nichts von der Existenz deiner Mutter. Genauso wenig wie ich wusste, dass ich ihr Vater war. Ich hatte Ruth, deine Oma, in Frankfurt kennengelernt. Sie saß auf einer Parkbank und aß ihr Mittagsbrot. Sie fiel mir sofort auf.

Sie war sehr klein und schmal. Und sehr, sehr hübsch. Ich setzte mich zu ihr auf die Bank und sprach sie an. Sie sagte, dass sie nur für einige Tage in der Stadt sei, weil sie eine Prüfung abzulegen habe, in Hauswirtschaftslehre. Sie erzählte, dass sie zu Hause in einem Hotel arbeitete. Ich begleitete sie ein Stück und versprach, sie in ihrer Stadt besuchen zu kommen. Eines Tages. Irgendwann. Sie lachte und sagte, sie würde mir ein Zimmer reservieren, in dem Hotel, in dem sie arbeitete. Wir beide dachten, wir würden uns nie wiedersehen. Doch wollte sie mir nicht aus dem Kopf gehen. Also fuhr ich tatsächlich, an einem freien Wochenende, hier rauf, um sie zu besuchen. Sie fiel aus allen Wolken, als ich am Nachmittag im Hotel auftauchte. Was ich nicht wusste: Es war das beste Hotel am Platze. Ist es im Übrigen noch immer. *Hotel Herzog.* Du bist tausend Mal daran vorbeigegangen, wenn du in der Stadt warst. Was ich noch weniger wusste: Deine Großmutter, die damals neunzehn war, führte den Betrieb praktisch im Alleingang. Rezeption. Küche. Zimmerservice. Du kennst deine Oma. Ich erinnerte sie an ihr Versprechen. Sie sagte, ein Zimmer sei momentan leider nicht frei. Sie könnte mir aber eine Kammer anbieten, unter dem Dach, quasi direkt gegenüber ihrer eigenen. Am Abend, nachdem sie Feierabend hatte, gingen wir spazieren im Schlossgarten. Am Sonntag verabschiedete ich mich von ihr und sie gab mir einen Kuss auf die Wange. Zum Abschied. Danach kam ich praktisch jedes Wochenende. Wenn ich es einrichten konnte. Ich fragte bei den Engländern, die die Stadt nach Kriegsende besetzt hielten, ob sie einen Job für mich hätten. Legte ihnen ein Empfehlungsschreiben meines Kommandanten vor. Die Engländer sagten, ich könnte denselben Job, den ich für die Amerikaner gemacht hatte, auch hier machen. Allerdings bräuchte ich dafür eine offizielle Fahrerlaubnis. Also machte ich den Führerschein. Was eine Weile brauchte. Eines Nachts, in der Kammer unter dem Hoteldach, kam deine Großmutter und klopfte an die Tür. Sagte, sie könne nicht schlafen. Zusammen tranken wir einen Schluck. Um uns Mut zu machen. Dann liebten wir uns. Es war das erste Mal für deine Großmutter. Und im Grunde war es auch das erste Mal für mich. Draußen regnete es in Strömen und der Regen prasselte wie wild aufs Dach. Ich suchte mir eine kleine Wohnung und zog hierher, in die Stadt. Ich dachte, deine Großmutter würde ihre Hotelkammer aufgeben. Doch fand sie immer neue Ausflüchte, nicht zu mir zu ziehen. Schließlich fand ich den Grund heraus. Es gab einen Mitbewerber. Thies Packebusch. Ein reicher Schnösel aus dem Dorf, aus dem sie kam. Hatte schon seit Schulzeiten ein Auge auf sie geworfen. Betrieb selbst ein Hotel auf dem Lande. Hielt alle Trümpfe in der Hand. Ich war sehr gekränkt. Und sehr wütend. Schließlich hatte ich alles aufgegeben für sie. Alles stehen und liegen lassen. Praktisch von einem Tag auf den anderen. Wir stritten uns, deine Großmutter und ich. Sehr heftig. Die ganze Nacht hindurch. Es war wie bei Audrey und Hank. Sie sagte, sie brauche Zeit, um zu einer Entscheidung zu kommen. Ich sagte, Zeit hätte sie nun mehr als genug gehabt. Schließlich ging ich. Im Morgengrauen. Direkt zum Bahnhof. Kaufte mir eine Fahrkarte. Nach Hamburg. Dachte, ich würde das Wochenende dort verbringen. Auf dem Kiez. Mit den Matrosen saufen. Mir ein paar leichte Mädchen anlachen. Deine Großmutter würde schon sehen, was sie davon hätte. Sonntagabend wollte ich eigentlich wieder zurück sein. Am Montag Punkt viertel nach sechs begann mein Dienst. Stattdessen blieb ich drei Jahre.«

»Weißt du, was schanghaien ist? Schanghaien bedeutet, dass Matrosen dich anheuern, mit ihnen auf große Fahrt zu gehen, ohne dass du es mitbekommst. Indem sie dich betrunken machen. Oder dir etwas in den Tabak mischen. Oder in dein Bier. Genau das ist mir damals in Hamburg passiert. Ich soff mit ein paar Seemännern in irgendeiner Kaschemme am Hafen und das Nächste, was ich wusste, war, dass ich im Beiboot eines Bananenfrachters aufwachte, fernab der Heimat, auf dem Weg nach Brasilien. Mit Kopfschmerzen und Katzenjammer und dem schlimmsten Kater meines Lebens. In Brasilien angekommen wollte ich direkt wieder aufs nächste Schiff zurück nach Hause. Aber ich hatte kein Geld. Vor allem aber hatte ich keine Papiere. Ohne Papiere bist du nichts in dieser Welt. Also ging ich zum Konsulat und besorgte mir welche. Es dauerte eine halbe Ewigkeit, bis die Formalitäten erledigt waren. Inzwischen hatte ich mir Arbeit gesucht. Auf den Feldern. In der Nähe von Salvador, der Hauptstadt Bahias. An der Ostküste. Keine zehn Kilometer vom Atlantik. Ich arbeitete zwölf Stunden am Tag. Wie die Sklaven früher. Zuckerrohr, Kaffeebohnen, Orangen. Was es zu pflücken gab, pflückte ich. Als ich die Papiere schließlich bekam, hatte ich Gefallen an dem Leben gefunden und beschloss, noch eine Weile zu bleiben. Das Leben war einfach dort. Die Menschen waren herzlich. Das Essen ungewohnt, aber gut. Fisch, Obst, Reis. Der Kaffee war mit Abstand der beste, den ich je getrunken hatte. Kein Vergleich zu der Brühe, die ich von zu Hause gewohnt war. Nur das Klima machte mir zu schaffen. Tropische Hitze den ganzen Sommer über. Von früh bis spät. Dazu die Luftfeuchtigkeit. Drei Jahre hielt ich es aus. Dachte, ich würde mich daran gewöhnen. Dachte, zu Hause gäbe es nichts, was mich erwartete. Dachte ernsthaft daran, mich in Brasilien niederzulassen. Dann hatte ich genug eines Tages, von der Hitze. Und den Verdächtigungen der Polizei, die glaubten, ich sei ein unter falschem Namen untergetauchter Nazi. Oder ein Spion. Schiffte mich ein auf einem Dampfer. Und ab in die Heimat. Nichts und niemand hatte mich darauf vorbereitet, was mich dort erwartete.«

»In einem Club in Salvador sah ich Dorival Caymmi. Reiner Zufall. Ich hatte nie von ihm gehört, dabei war er schon damals eine Legende in Brasilien. Caymmi war allein auf der Bühne. Saß auf einem Barhocker. Trug ein knallrotes Hemd und eine Art Baskenmütze auf dem Kopf. Zigarette im Mundwinkel. Einen riesigen gezwirbelten Schnurrbart. Und eine Gitarre, die er im Arm hielt, als wäre sie ein Neugeborenes. Sang einen Song, zündete eine Zigarette an der anderen an, nahm zwei oder drei Züge, klemmte die Zigarette am Ende des Griffbretts fest und sang den nächsten Song. Mit einer unglaublich raumfüllenden Stimme. Klar und warm. Wie das Meer nach einem Sturm. Oder die Geliebte nach einem heftigen Streit. Und tatsächlich waren das die beiden einzigen Themen in Caymmis Werk: Das Meer. Und die Frauen. Und die Männer, die zwischen diesen beiden Welten pendelten. Fischer, die die Sehnsucht am Morgen aufs Wasser hinaustreibt und abends zurück in die schönen schlanken Arme ihrer Liebsten. Manchmal ist der Fang schlecht. Oder das Wetter. Und sie müssen um ihr Leben bangen auf hoher See. Nachts liegen sie wach und lauschen dem Rauschen der Brandung. Am Morgen ist die Angst verflogen, mit den Sturmwinden, und sie können es nicht erwarten loszukommen.«

»Es war kalt, als ich nach Jahren wieder deutschen Boden betrat. Arschkalt. Hamburger Hafen. Mitte Januar. Die ersten Tage verbrachte ich dort. Schlief nachts in der Seemannsmission und sah mir am Tage die Sehenswürdigkeiten an. Speicherstadt. Michel. Blankenese. Trank Kaffee im Alsterpavillon am Jungfernstieg, wo ein Wunderkind vom Konservatorium Klavier spielte. Um den Kiez machte ich einen Bogen. Ich freundete mich mit dem Pianisten an, der aus Paris herübergekommen war, der Liebe wegen, und dann in Hamburg hängenblieb, als sich die Liebe zerschlug. Zusammen saßen wir am Abend auf der Terrasse, mit Blick auf die Alster, rauchten französische Zigaretten und tranken Pastis. Eines Abends überredete er mich, mit ihm zu kommen, zum Konzert einer Sängerin, deren Namen ich nie zuvor gehört hatte. Sagte, ich würde etwas verpassen, wenn ich nicht mitkäme. Sagte, er würde mich hineinlotsen, über den Bühneneingang, er hätte Beziehungen dort. Schließlich gab ich mich geschlagen. Obwohl der Name der berühmten Dame für mich nicht klang wie der Name einer Sängerin, sondern eher wie der eines Cowboys. Es war die dritte große Erleuchtung meines Lebens. Nach Hank in Bad Nauheim und Caymmi in Salvador de Bahia. Und außerdem war es das erste Mal in meinem Leben, dass Musik mich zum Weinen brachte. Billie Holiday war eine außergewöhnliche Frau.

Kein Bild, das es von ihr gibt, auf dem sie aussieht wie auf dem davor oder dem danach. Außerdem hatte sie eine unvergleichliche Stimme. Nicht unbedingt schön. Im landläufigen Sinne. Immer etwas heiser und rauchig. Ungewohnt für die damaligen Ohren. Sie klang wie ein kleines Mädchen, das im Körper einer Hundertjährigen lebte, die alles erlebt und alles gesehen hatte. Gar nicht so weit entfernt von Hank, wenn man darüber nachdenkt. Sie konnte und wollte nicht singen wie ihr Manager, ihr Agent, ihr Produzent es von ihr verlangten.

›Was für einen Sinn hat es zu singen?‹, fragte sie, ›wenn man singt wie alle anderen?‹«

»Es gibt Leute, sogar in der Familie, die nicht glauben wollen, dass ich in Brasilien war, damals nach dem Streit mit deiner Großmutter. Weil es kein einziges Foto von mir gibt dort. Keine Postkarte, die ich verschickt habe. Keine mitgebrachten Geschenke oder Zeugnisse oder Souvenirs. Als bräuchte es ein Souvenir, um zu beweisen, wer man ist und wer man war und wo man war. Wenn ich eins begriffen habe im Leben, dann dies: Es ist wichtig zu wissen, wo du herkommst, um herausfinden zu können, wer du bist und wo du hinwillst. Wer aber immer nur in der Vergangenheit lebt, ist dazu verdammt, die immer gleichen Fehler immer wieder aufs Neue zu machen. Deshalb: Für mich keine Fotos, keine Ansichtskarten, keine Souvenirs. Das Leben eines Menschen spricht für sich selbst. Was andere damit anfangen, kannst du getrost den anderen überlassen.«

»Als ich zurückkehrte aus Brasilien, hatte deine Großmutter meine Wohnung aufgelöst. Auch im Hotel arbeitete sie nicht mehr. Als ich hörte, dass sie aufs Land gezogen war, schwante mir Böses. Doch lebte sie allein, wie sich herausstellte, mit ihrer kleinen Tochter, in einem Häuschen am Rande des Dorfes. Ich besuchte sie dort. Eine Weile saßen wir in der Küche und wussten nicht, was wir sagen sollten. Dann wachte die Kleine auf aus dem Mittagsschlaf. Deine Großmutter führte sie an der Hand herein. Noch ganz benommen vom Schlaf stand sie in der Tür, in ihrem weißen Kleidchen, mit einem Teddybären im Arm, und rieb sich die Augen. Es war das erste Mal, dass ich deine Mutter sah. Meine Tochter. Wie deine Großmutter steif und fest behauptete. Und wer weiß? Vielleicht war das Kind wirklich meins. Vielleicht aber auch nicht. Spätestens, als deine Großmutter sagte, sie hätte sich entschieden, schon lange, für mich und gegen Packebusch, spätestens, als sie mir schwor, das Kind sei nicht seins, weil sie mit ihm niemals etwas gehabt hätte, spätestens, als sie sagte, sie hätte auf mich gewartet, all die Jahre, und sich gefragt, ob ich je wiederkäme, ob das Mädchen je ihren Vater kennenlernen würde, stand mein Entschluss fest: Auch wenn ich mich äußerlich nicht gleich erweichen ließ. Ich nahm mir ein Zimmer in der Stadt und besuchte die beiden regelmäßig. Brachte deiner Oma Blumen und Kaffee mit und der Kleinen Schokolade, Bonbons, Lakritze. Irgendwann folgte mir deine Oma zum Gartentor.

›Willst du nicht ein Mal den letzten Bus verpassen?‹, fragte sie.

An jenem Abend blieb ich zum Abendessen. Und über Nacht. Es war die schönste meines Lebens. Doch das ist eine andere Geschichte. Am Morgen nach dem Frühstück sagte ich der Kleinen, dass sie nun groß genug sei und wir uns nun lange genug kennen würden, sodass ich ihr sagen könnte, was sie vielleicht im tiefsten Inneren schon längst wusste: Dass ich ihr Vater bin und von nun an nicht mehr in der Stadt wohnen würde, sondern hier bei ihr und ihrer Mutter.«

Monette

Der Großvater war merkwürdig still auf dem Weg vom Bahnhof in die Stadt. Rauchte seine Zigarette und kniff die Augen zusammen, gegen die Sonne, weil er vergaß, die Sonnenbrille aufzusetzen. An der Ampel lehnte ich mich über die Mittelkonsole, klappte die Sonnenblende herunter und reichte sie ihm. Der Großvater nickte mir zu und fuhr mir mit der Hand durchs Haar.

»Könntest mal wieder einen Haarschnitt vertragen«, sagte er.

Wir saßen vor dem Eiscafé, als Monette auftauchte, atemberaubend schön in ihrem engen Kleid und atemberaubend duftend, frisch und süß und luftig wie der Morgen selbst.

»Was ist denn mit euch los?«, fragte sie und setzte sich zu uns.

»Wir haben meine Frau zum Bahnhof gebracht«, sagte der Großvater und griff nach der Zigarettenpackung.

»Und?«, fragte Monette. »Wo geht es hin?«

»Zu ihrer Schwester«, sagte der Großvater und zündete die Zigarette an.

»Kann allerhand passieren unterwegs«, sagte Monette und stieß mich mit dem Ellbogen an, dass ich mich fast an meiner kalten Zitrone verschluckte.

»Zum Beispiel?«, fragte der Großvater tonlos.

»Banditen«, sagte Monette, ohne eine Miene zu verziehen, »Banditen, die hinter der Wegbiegung lauern und den Zug überfallen, der anhalten muss, weil ein Baumstamm quer über den Schienen liegt.«

»Ja«, sagte ich, »und dann rauben sie alles Geld und alles Gold. Allen Schmuck und alle Uhren –«

»Und entführen die Oma«, sagte Monette. »Weil sie so schön ist, trotz ihres Alters, die Schönste von allen!«

Die Schönste von allen bist du, Monette, wollte ich sagen, stattdessen sah ich hinüber zum Großvater, der an seinem Espresso nippte.

»Der Chef der Banditen nimmt sie persönlich gefangen«, sagte Monette. »Im Damensitz sitzt sie auf dem bloßen Pferderücken vor ihm auf dem feurigen Rappen.«

»Sie nehmen sie mit in die Berge«, sagte ich. »Ein Ritt von drei Tagen.«

»Schlangen. Hitze. Raubtiere. Ein roter Mond.«

»Nachts heulen die Wölfe.«

»Sie versucht zu fliehen und wird gefasst und bestraft für ihren Verrat.«

»Wird sie je zurückkehren?«, fragte ich.

Gespannt sahen Monette und ich den Großvater an.

Der Großvater schüttelte den Kopf.

»Sie heiratet den Räuberhauptmann«, sagte er, nach einiger Überlegung. »Sie bekehrt ihn und zusammen gehen sie in ein fernes Land, um die Wilden für den christlichen Glauben zu entflammen.«

»Was glaubst du, Leo?«, fragte Monette.

Ich war erstaunt, dass sie meinen Namen kannte.

»Sie kommt zurück«, sagte ich. »weil sie den Großvater zu sehr liebt.«

»Hmmm –«, machte Monette, zog den Löffel aus dem Milchshake und leckte den Schaum ab.

»So oder so«, sagte sie und klang plötzlich traurig dabei, »endet alles immer in Unglück und Tränen –«

»Was haltet ihr davon«, sagte der Großvater, »wenn ich heute frei mache und wir zusammen picknicken gehen?«

Unterwegs machten wir halt und kauften ein: Brot, Butter, Tomaten, Erdbeeren, Schokolade, eine Büchse Sardinen, einen Streifen Zuckerkuchen. Eine Flasche Weißwein für den Großvater und Monette, eine Flasche gelbe Brause für mich. Am Rande eines Baches breiteten wir die Decke aus, die wir aus dem Auto mitgenommen hatten. Monette und ich wuschen das Obst im eiskalten Wasser des Baches, der Großvater grub die Flaschen tief im Schlamm ein, damit sie nicht von der Strömung davongespült wurden.

»Hast du Lust zu baden?«, fragte Monette plötzlich.

Ich sah von Monette zum Großvater und wieder zurück.

»Schon«, sagte ich, »aber –«

»Kannst ja deine Unterhose anbehalten«, sagte der Großvater, »dann kann dir niemand was weggucken.«

Der Großvater schaute zu, wie Monette und ich badeten. Splitterfasernackt. Beide. Das Wasser eisig und klar. Grüne Inseln aus Steinen und Moos, die die Strömung umleiteten. Geschliffene Kiesel. Schwärme kleiner roter Fische, die an unseren nackten Beinen vorbeischossen. Lichtflechten aus Gold, die sich an der Wasseroberfläche brachen und den Sand unter unseren Füßen sprenkelten. Zuerst hielt ich ein paar Meter Sicherheitsabstand. Dann begann Monette mich nasszuspritzen und ich blies zum Gegenangriff. Monette juchzte und prustete. Sie tauchte unter und kam auf mich zugeschossen. Ganz wie einer der roten Fische. Im nächsten Moment tauchte sie vor mir auf, umschloss mich mit beiden Armen und zog mich hinein ins Wasser, wie die Nixe im See, die die Eheringe sammelt. Ihr Fischschwanz blitzte silbern und grün im Licht des einfallenden Nachmittags. Ihre Haut roch nach Wasser und Sonne und Sommer. Ihr Haar so dunkel wie der Sand am Grunde des Baches. Wir trockneten uns ab und breiteten unsere Delikatessen auf der Decke aus. Der Großvater holte die Getränke, die er im Bach gekühlt hatte. Ich trank direkt aus der Flasche und verschluckte mich fast, so kalt war die Brause. Monette machte sich über die Erdbeeren her und spülte mit einem Schluck Wein nach. Sie reichte mir ihren Pappbecher. Fragend sah ich hinüber zum Großvater, der voll und ganz damit beschäftigt schien, seine Ölsardinen aus der Dose zu angeln. Vorsichtig nahm ich einen winzigen Schluck. Dann einen etwas größeren. Augenblicklich wurde mir warm im ganzen Körper. Und merkwürdig leicht ums Herz. Ich reichte Monette den Becher zurück.

Wahrscheinlich war es der Wein. Oder die Sonne. Oder das Wasser. Oder alles zusammen. Jedenfalls schlief ich nach dem Essen ein, tief und fest, die Stimmen Monettes und des Großvaters im Ohr, wie das Summen von Bienen im träg wie Honig dahinfließenden Nachmittag. Das Murmeln des Baches, das Singen der Vögel, das Lachen Monettes. Dann nichts mehr. Für fünf Minuten oder eine halbe Stunde oder eine halbe Ewigkeit. Als ich erwachte, war ich allein. Ich aß die letzten Erdbeeren aus der Schale und ging hinunter zum Bach, um mich abzukühlen. Ich wusch Gesicht und Hände. Dann hörte ich Monette, die durchs Unterholz gelaufen kam.

»Oh, mein Gott!«, sagte sie und sah mich an, mit weit aufgerissenen Augen. »Du glaubst nicht, was passiert ist: Dein Opa hat einen Fuchs aus einer Falle befreit.«

»Wie hat er das gemacht?«, fragte ich, noch tropfnass vom Waschen.

»Erzähle ich dir später«, sagte der Großvater, der an Monette vorbei auf die Lichtung trat. Er kniete nieder und nahm einen letzten Schluck Wein. »Jetzt müssen wir zusammenpacken«, sagte er. »Es wird bald Regen geben.«

Auf halbem Weg zurück in die Stadt sahen wir die Lichter, rot und gelb und grün, im Dunst der Abenddämmerung.

»Was ist das?«, fragte ich.

»Keine Ahnung«, sagte der Großvater.

Wir bogen ab in den nächsten Feldweg und fuhren auf die Lichter zu. Autos standen dicht an dicht links und rechts am Wegrand. Auch der Großvater parkte den Wagen im Schatten einer riesigen Eiche. Wir stiegen aus und hörten die Musik, warm und heiser im Abendwind.

»Ein Jahrmarkt«, sagte der Großvater.

Und tatsächlich: Als wir das Ende des Weges erreichten, blickten wir hinunter auf eine Wiese, auf der im Kreis angeordnet die Buden standen. Dazu ein Karussell, eine Geisterbahn und ein Riesenrad, das alles andere als riesig war, aber wunderschön aussah, so hell erleuchtet vor dem Abendhimmel, an dem sich die Wolken auftürmten.

»Komm«, sagte Monette und nahm mich bei der Hand. Zusammen liefen wir den Trampelpfad hinunter. Unten angekommen sahen wir uns nach dem Großvater um, der noch immer oben auf dem Hügel stand.

»Was ist?«, rief Monette.

Der Großvater wies gen Himmel.

»Es gibt Regen«, sagte er.

Monette verdrehte die Augen und sah mich an.

»Komm, Leo«, flüsterte sie, »was machen wir zuerst?«

Monette gewann einen rosa Plüschhasen beim Ballon-werfen, ich gewann zweimal beim Dosenwerfen: eine Plastikrose und eine *Godzilla*-Figur. Am Waffelstand kauften wir gebrannte Mandeln und einen Liebeskno-chen. Der Großvater gesellte sich zu uns. Er naschte von Monettes Mandeln, während wir Karussell fuhren. Monette auf dem Pferd, ich in der Feuerwehr. Dann fuhren wir Riesenrad und winkten dem Großvater zu, der ganz klein und verloren aussah unten auf dem Platz. Über uns grollte und grummelte es. Monette sah auf zum Himmel.

»Pass auf«, sagte sie, »gleich kommt der liebe Gott hinter den Wolken hervor und packt uns am Schlafitt-chen.«

»Jetzt aber los!«, brummte der Großvater, als wir aus der Gondel stiegen. Doch bettelte Monette ihn an, ihr einen Gewinn zu schießen am Schießstand.

»Na gut«, knurrte der Großvater. »Dann ist aber Schluss für heute.«

»Versprochen!«, sagte Monette und salutierte wie ein Matrose auf See.

»Versprochen!«, sagte ich und salutierte ebenfalls.

Beim ersten Versuch schoss der Großvater nur einen Trostpreis, beim zweiten einen kleinen Gewinn.

»Einmal noch«, sagte er und knallte eine Münze auf die Theke.

»Ich dachte, wir haben es eilig«, sagte Monette.

Doch würdigte der Großvater sie keines Blickes. Er nahm das Gewehr, legte an und kniff das rechte Auge zusammen. Blitze zuckten am Himmel und der Donner rollte, als der Großvater mit traumwandlerischer Sicher-heit einen Hauptgewinn für Monette schoss.

»Sie haben die Wahl, verehrte Dame«, sagte er und verbeugte sich galant.

Monette klatschte in die Hände und umarmte den Großvater. Dann machte sie sich daran, den Gewinn auszusuchen. Sie trat von einem Bein aufs andere und entschied sich dreimal um, sodass der Schausteller anfing, unruhig zu werden.

»Ich will nicht drängeln«, sagte er, »aber jeden Augenblick wird es anfangen zu –«

»Ich nehme den Fächer«, sagte Monette.

»Gute Wahl«, sagte der Schausteller und reichte ihr den Gewinn: Ein asiatisches Modell, Holz und Papier, türkisgrün, bemalt mit Kirschblüten und Schmetterlingen.

Im selben Moment fing es an, wie aus Kübeln zu schütten. Monette klappte den Fächer zusammen und rannte los. Der Großvater und ich hinter ihr her.

»Wenn ich eins hasse«, schimpfte der Großvater, »dann ist es, nass zu werden.«

»Wohnt hier Monette?«, fragte ich, als der Großvater den Wagen parkte, im strömenden Regen, vor einem schmalen Fachwerkhaus in einer engen Gasse im Schatten der Marktkirche. Das dunstige Licht der Straßenlaternen färbte den Regen goldgelb.

»Nein«, sagte der Großvater und öffnete die Fahrertür. »Hier wohne ich.«

Zu dritt drängten wir uns unter das Vordach über der Steintreppe, während der Großvater nach dem Schlüssel kramte. Dann ging es ein paar knarrende, gewundene Stufen hinauf bis vor eine Tür, an der ein Kupferschild prangte, in das in schwarzen, geschwungenen Buchstaben ein Name eingraviert war.

»Wer ist *LINA GALL*?«, fragte ich.

»Eine Dame, die früher hier gewohnt hat«, sagte der Großvater und öffnete die Tür, die nicht abgeschlossen war. »Bin nie dazu gekommen, das Schild auszuwechseln.« Der Großvater machte Licht. »Nun aber raus aus den Klamotten!«, sagte er.

Später saßen wir im Wohnzimmer, der Großvater im Pyjama, Monette in einen Bademantel gehüllt, ich in einer Strickjacke des Großvaters, die mir zu groß war. Monette deckte mich mit einer Wolldecke zu und ich legte meinen Kopf auf ihren Schoß. Sanft strich sie mir mit den Fingern durchs Haar, während sie eine heiße Schokolade trank, in kleinen Schlucken, die der Großvater ihr gemacht hatte. Der Großvater erzählte von dem Fuchs, den er aus der Falle befreit hatte am Nachmittag, und von einem Abenteuer, das er erlebt hatte, auf irgendeiner Landstraße in Brasilien. Der Regen prasselte aufs Dach und an die Fenster. Die Kerzen, die Monette angezündet hatte, warfen flackernde Schatten an die Wand. Die Turmuhr der Marktkirche schlug die Viertelstunden.

Im Morgengrauen erwachte ich und wusste zuerst nicht, wo ich war. Dann stand ich auf und sah mich um. Leise öffnete ich die Tür, die auf den Flur führte. Ich schaute in die Küche und ins Badezimmer, bevor ich die Tür öffnete, die dem Wohnzimmer gegenüber lag. Zuerst sah ich den Stuhl, über dem der Bademantel hing. Dann das Pyjamaoberteil auf dem Fußboden. Dann Monettes BH-Sammlung auf der Sessellehne. Im Spiegel der aufgeklappten mittleren Schranktür ganz rechts an der Wand sah ich das Bett: den Großvater, der leise schnarchte, Monette in seinem linken Arm, den Kopf auf der behaarten Brust. Auf Zehenspitzen schlich ich ins Zimmer, nahm einen von Monettes BHs von der Sessellehne, stopfte ihn mir unters Hemd, schlich rückwärts wieder zurück, trat hinaus auf den Flur und schloss die Tür.

Später am Morgen weckte mich der Großvater. Er kochte Kaffee in der Küche, während ich mich im Wohnzimmer umsah. Ein alter Ofen an der Wand zwischen den Fenstern, die den Blick auf einen kleinen rechteckigen Hinterhof freigaben, in dem eine alte Sitzbank, ein Klappstuhl und ein Fahrrad standen, das an der Häuserwand lehnte. Dächer, Türme, Giebel, verwinkelt, in allen möglichen Formationen, wohin man sah. Ein Regal an der Wand unter der Dachschräge. Darin ein paar Bücher, ein Stapel alter *Spiegel-* und *Jerry-Cotton-*Hefte. Schallplatten. Auf dem Teller des Plattenspielers eine Schallplatte. *POLYDOR*, lese ich, und darunter: *Hank Williams, Long Gone Lonesome Blues, Side A*.

»Möchtest du einen Kaffee?«, fragte der Großvater.

»Nein, danke«, sagte ich. »Oder vielleicht doch –«

Zusammen saßen wir in der Küche und tranken Kaffee. Die hereinfallende Morgensonne ließ den Staub über dem Küchentisch tanzen. Der Kaffee schmeckte süß und bitter. Die Kirchturmuhr schlug. Acht Mal. Der Großvater stand auf. Er kippte den Rest seines Kaffees in den Ausguss und spülte die Tasse aus.

»Wir müssen los«, sagte er. »Sind deine Sachen trocken?«

»Geht«, sagte ich.

»Wir kaufen dir was«, sagte der Großvater.

Ich nahm einen letzten Schluck.

»Was ist mit Monette?«, fragte ich.

»Schläft tief und fest«, sagte der Großvater.

Lovesick Blues

Am Samstag kam ein Brief meiner Mutter. Darin: die zweite Postkarte von Lilia. Diesmal aus Vigo in Spanien. Und wieder nur ein einziger Satz:

> *»¡Qué calor hará sin*
> *vos en*
> *verano!«*

Am Sonntag nahm ich all meine Schätze und machte mich auf den Weg. Das Sonnenlicht fiel in Schleiern durch die Baumkronen. Der Himmel endlos blau wie das Meer. Als hätte es nie Regen gegeben. Spinnweben, die zwischen den Zweigen glitzerten. Die rauschenden Blätter im Wind. Im Pavillon war es heiß und stickig. Eine Weile saß ich in der offenen Tür, die Augen halb geschlossen, wie eine Katze, in der Nachmittagssonne. Dann trat ich ein und schloss die Tür hinter mir. Ich legte die Decke auf den Boden und verteilte die Schätze darauf. Die argentinische Platte, das Bild, das Lilia mir malte, die Postkarten, die Tüte mit den Tartufi aus dem Feinkostladen in der Kreisstadt. Ich zog das Hemd aus. Dann die Schuhe, die Strümpfe, die Hose, die Unterhose. Nackt lag ich auf der Decke. Ich nahm Monettes BH und roch daran. Ich legte ihn mir aufs Gesicht und schloss die Augen. Ich sah Monette, die im Wasser stand, bis zu den Knien, und mich anlächelte. Sie hob die Hand und lockte mich mit dem Zeigefinger, während sie sich mit der linken die Bluse aufknöpfte. Der Stoff klatschnass und durchsichtig. Ihre Augen leuchteten, wie die Sonne selbst, ganz anders als Lilias, in denen immer eine Spur Traurigkeit schimmerte, im endlosen, gestochen scharfen Blau. Dann war es Lilia, die mich lockte, mit dem rot

verschmierten, kandierten Kirschmund einer Wahn-
sinnigen. Sie nahm meine Hand und legte sie auf ihre
Brust. Dann küsste sie mich, wie von Sinnen, mit geöffnetem Mund und weichen, warmen Lippen, den Kopf
nach hinten gelegt, die Augen wie hinter einem Schleier.

»Weißt du nicht«, flüsterte sie, »alle Blätter gehören
dem Wind?«

Zusammen sanken wir auf die Knie, eng umschlun-
gen. Dann tauchten wir ein ins Wasser, tiefer und tiefer,
bis der Mond über uns nur noch ein winziger goldener
Skarabäus am Nachthimmel war.

Am Montag begann der Großvater sich zu verändern.
Wurde einsilbig. Lächelte kaum. Schien den Spaß bei der
Arbeit zu verlieren. Sprach tonlos mit den Kunden und
hörte kaum zu, wenn sie antworteten. Ließ den Kaffee
kalt werden, den man eigens für ihn gekocht hatte. Ließ
die Gabel im Kuchen stecken und hielt die Hand übers
Glas, wenn der Gastgeber nachschenken wollte.

»Was ist mit deinem Opa los?«, raunte mir Schmidtchen am Dienstag zu, während der Großvater mit
Brandeis aus der Werkstatt telefonierte. »So kenne ich
ihn gar nicht. Bei euch zu Hause alles in Ordnung?«

Am Nachmittag machte der Großvater früher Feierabend. Sagte, er würde den letzten Kunden am Mittwoch
nachholen. Abends wärmte er auf, was die Großmutter
vorbereitet hatte. Im Unterhemd. Mit einer Flasche Bier
neben dem Herd. Ließ die Bratkartoffeln anbrennen und
stocherte im zerkochten Gemüse herum. Hörte auf, sich
zu rasieren. Meldete sich krank, am Mittwoch, während
ich das Frühstück machte. Und den Abwasch. Und die
Blumen- und Gemüsebeete versorgte, wie wir es der

Großmutter versprochen hatten. Gegen Mittag begann der Großvater zu trinken. Zuerst Bier. Dann, bei Einbruch der Dämmerung, auch härtere Sachen. Wodka. Whiskey. Branntwein. Jeden Abend sammelte ich die Flaschen ein und brachte sie in den Keller. Dann, eines Nachts, fing das Klavierspielen an. Der Großvater saß im Wohnzimmer, im Bademantel, mit auf den Boden hängendem Gürtel, ein Bein schräg gestellt, das andere auf dem Pedal. Er spielte einhändig. Traurige Melodien, die einem irgendwie bekannt vorkamen, ohne dass man sie zuordnen konnte. Am Morgen lag er auf dem Sofa und schnarchte. Ich deckte ihn zu und schlich auf Zehenspitzen aus dem Zimmer. Zuerst überlegte ich, die Großmutter zu verständigen. Die Telefonnummer hatte sie mit einem Klebestreifen an der Kühlschranktür befestigt.

»Für alle Fälle«, wie sie gesagt hatte.

Dann dachte ich daran, Monette anzurufen. Doch hätte ich den Großvater nach ihrer Nummer fragen müssen, was, so viel war mir klar, nicht in Frage kam. Schließlich fielen mir die bunten Zettel überall an den Strommasten und Bäumen ein, im Dorf und auf der Landstraße. Am Nachmittag, als der Großvater in der Küche saß, mit Kaffee und einer Zigarette, den neuen *Jerry Cotton* unangerührt auf dem Tisch neben dem Aschenbecher, sah ich die Gelegenheit gekommen. So beiläufig wie möglich fragte ich:

»Wollen wir nicht zusammen aufs Dorffest gehen morgen?«

Am Samstag stand der Großvater früh auf. Duschte. Rasierte sich. Zog sich an. Machte Frühstück. Es war nicht so, dass er wie ausgewechselt wirkte. Aber man sah: Er gab sich Mühe. Nach dem Frühstück fuhren wir in die Stadt. In Schmidtchens leerem, schattigem Büro erledigte der Großvater Papierkram, während ich die Fische im Aquarium fütterte und Papierflieger bastelte aus den oberen Blättern des Stapels Briefbögen von der Ablage auf Schmidtchens Schreibtisch. Wir wuschen den Wagen in der Waschstraße und tankten. Dann fuhren wir zurück ins Dorf.

Wir parkten den Wagen im Schatten der Kastanien, die die kopfsteingepflasterte Allee säumten, die zum Festplatz führte. Wir waren eben dabei auszusteigen, als Packebusch vorbeifuhr, in seinem *Porsche Cabrio*, eine Blondine auf dem Beifahrersitz, die seine Tochter sein mochte. Oder seine Freundin.

»Wenn ich eins hasse, dann sind es Angeber«, knurrte der Großvater. »Und Leute, die immerzu recht haben müssen.« Der Großvater zog die Hose am Bund hoch und sah mich übers Dach des Autos hinweg an. »Und weißt du, was ich noch hasse?«, fragte er.

»Keine Ahnung«, sagte ich.

»Schützenfeste.« Der Großvater sah aus, als wollte er es sich im letzten Moment noch einmal anders überlegen. »Marschmusik. Uniformen. Fackelzüge. Gewehre. Bierseligkeit.«

Er spuckte in den Staub.

»Aber hier gibt es doch keine Schützen«, sagte ich, »nur Leute aus dem Dorf, die feiern.«

»Das macht es nicht besser«, sagte der Großvater und knallte die Fahrertür zu.

Ich hatte gehofft, das Dorffest würde den Großvater auf andere Gedanken bringen. Und eine Weile tat es das auch.

Wir setzten uns auf eine Holzbank am Rande der Festwiese und sahen dem Treiben zu. Die Familien, die im Sonntagsstaat, mit rosigen Wangen und frisch frisiertem Haar, über den Platz flanierten. Die Kinder, die Fangen spielten und Luftballons steigen ließen. Die Musiker, die ihre Instrumente und Verstärker von der Ladefläche ihres neben dem Festzelt geparkten Transporters luden und ins Zelt trugen. Ab und an grüßte der Großvater jemanden oder hielt ein Schwätzchen mit einem alten Bekannten. Nach und nach wurde mir klar: Im ganzen Landkreis war der Großvater bekannt wie ein bunter Hund. Nur in seinem eigenen Dorf war er immer ein Fremder geblieben. Die Laune des Großvaters änderte sich schlagartig, als die Musikkapelle zu spielen begann. Ein Potpourri aus allseits bekannten Hits, Schlagern und Volksmusik.

»Lass uns von hier verschwinden«, sagte der Großvater. Er ließ die Zigarette fallen, trat sie mit dem Absatz aus, rückte die Sonnenbrille zurecht und zückte den Autoschlüssel.

Im selben Moment legte Packebusch ihm den Arm auf die Schulter.

»Jerry, altes Haus«, sagte er, »ewig nicht gesehen.«

»Packebusch«, sagte der Großvater müde.

»Elisabeth ist mit den Kindern bei ihren Eltern. Bin mit meiner Nichte hier«, sagte Packebusch und zwinkerte dem Großvater zu. »Zweiter Platz bei der Wahl zur Heideprinzessin letztes Jahr.«

»Gratuliere«, sagte der Großvater und wand sich aus Packebuschs Arm.

»Und du?«, fragte Packebusch.

»Wir wollten gerade gehen«, sagte der Großvater und stand auf.

»Wer ist denn der junge Mann?«, fragte Packebusch und strahlte mich an.

»Mein Enkel«, sagte der Großvater.

»Na, so was«, sagte Packebusch. »Und die werte Gattin?«

»Ist zu Hause geblieben«, log der Großvater, ohne mit der Wimper zu zucken. »Wie schade«, sagte Packebusch, mit ernsthaft bekümmerter Miene. »Aber Jerry«, sagte er und knipste sein Lächeln an. »Du glaubst doch nicht ernsthaft, dass ich dich gehen lasse, ohne dass wir beide ein Bierchen zusammen getrunken haben. Und der Enkel –«, er tätschelte mir den Kopf, »bekommt eine Cola.«

Als der Großvater sein drittes Bier mit Packebusch trank, machte ich mich so unauffällig wie möglich aus dem Staub. Niemand beachtete mich, als ich das Zelt durchquerte, vorbei an den tanzenden Paaren, vorbei an der Kapelle, vorbei an dem Mädchen, das mir ins Auge gefallen war, während ich unruhig auf meinem Hocker an der Bar hin- und hergerutscht war und meine lauwarme Cola getrunken hatte. Eine Weile hatte ich versucht, den Blick des Mädchens zu erhaschen, das mit einigen kleineren Kindern an einem Tisch direkt neben dem Ausgang malte und bastelte. Einen Moment verharrte ich dort, in der Hoffnung, sie würde mich bemerken, doch würdigte sie mich keines Blickes. Den halben Nachmittag lief ich im Dorf herum, das wie ausgestorben war, weil alles sich beim Dorffest vergnügte, bis auf die Alten, die inzwischen wieder nach Hause gegangen waren und nun vor dem Fernseher saßen. Ich kam am Bahnhof vorbei und studierte die Fahrpläne. Ich setzte mich auf eine

Bank auf dem Bahnsteig und dachte daran, den nächsten Zug in die Stadt zu nehmen. Wie einfach es wäre, nach Hause zu fahren. In nicht einmal einer halben Stunde wäre ich zurück, in meinem Zimmer, und hätte all das hier hinter mir gelassen. Ich wartete, bis der Zug kam, und wartete, bis er wieder abgefahren war. Ohne mich zu regen. Die Hände in den Hosentaschen. Auf meiner Bank. Dann machte ich mich auf den Weg zurück zum Dorffest. Der Großvater stand an der Theke, in einer Traube von Männern. Die Musik war ohrenbetäubend laut. Der Zigarettenrauch hing in Wolken über den Köpfen der Familien an den eng aufgestellten Tischen. Das Mädchen, das mit den Kindern gespielt hatte, war nirgends zu sehen. Ich nahm mir ein Stück Marmorkuchen vom Kaffeebuffet und machte mich auf den Weg, quer durchs Dorf, über die Landstraße. Sah den Mond seine silberne Bahn am Himmel ziehen, den die Nacht wie mit Tinte übergoss. Sah Fledermäuse aufsteigen aus den Dachluken der Scheunen und Heuschober. Sah Sterne am Firmament aufblitzen und Sternschnuppen verglühen. Holte den Schlüssel aus seinem Geheimversteck im Schuppen, schloss die Haustür auf und machte Licht. Es war still im Haus. Und ein wenig unheimlich. Mir wurde klar: Es war das erste Mal in meinem Leben, dass ich allein im Haus meiner Großeltern war. Ich machte Licht in allen Zimmern. Ich schloss mich im Badezimmer ein, für alle Fälle, und duschte. Ich schmierte mir ein paar Butterbrote in der Küche, nahm eine Flasche von Großvaters Bier aus dem Kühlschrank und machte es mir im Wohnzimmer vor dem Fernseher bequem. Ich aß die Brote und trank das Bier. In kleinen Schlucken. Es wärmte mich auf merkwürdige Weise und machte mich schläfrig. Ich deckte mich zu, mit der Wolldecke der Großmutter, und legte den Kopf an die Lehne, den Blick auf den Bildschirm gerichtet. Irgendein Western, den ich schon als Kind gesehen hatte:

Ein Revolverheld kommt in die Stadt, müde vom Schießen, müde vom Ruhm, um seine große Liebe zu sehen, sie zu überreden, mit ihm zu kommen. Ein neues Leben zu beginnen. Doch holt die Vergangenheit ihn ein und ein junger Herausforderer schießt ihm in den Rücken.

»Lasst ihn leben«, sagt der Revolverheld, als die Bewohner der Westernstadt den Killer lynchen wollen, »damit er weiß, wie es ist, ein Leben lang Angst zu haben, dass jemand um die Ecke kommt, um dich hinterrücks zu erschießen.«

Dann stirbt er.

Danach die Nachrichten. Und eine amerikanische Krimiserie, die ich immer schon sehen wollte. Doch trotz aller Mühen, wach zu bleiben, fallen mir die Augen zu.

Am Morgen schien die Sonne hell ins Zimmer. Streifen goldener Staubkörner, die in der warmen Luft tanzen. Wie Mücken an einem See. Die Kirchturmglocken, die aus dem Dorf herüberklingen. Tannholz' Hahn, der die Spätaufsteher aus den Betten kräht. Ich stand auf, schaltete den Fernseher aus, öffnete die Terrassentür und kippte den Rest des Bieres ins Gebüsch hinter dem Haus. Stellte die Flasche zum Leergut in den Keller. Zog mich an und machte mich an die Arbeit. Ich räumte auf, fegte und wischte, wusch ab, lüftete die Bettdecken. Eine Weile saß ich auf den Treppenstufen vor dem Haus und wartete. Gegen Mittag hörte ich Opsahls vom Frühschoppen nach Hause kommen, der das Dorffest traditionell beendete. Als der Großvater am Nachmittag noch immer nicht aufgetaucht war, verschloss ich die Haustür, hängte den Schlüssel zurück an seinen Platz im Schuppen und machte mich auf den Weg. Fast alle Autos, die unter den Kastanien geparkt hatten, waren verschwunden. Der 190er des Großvaters stand noch immer an seinem Platz. Auf der Festwiese herrschte Betrieb. Männer mit Arbeitshandschuhen waren damit beschäftigt, die Tische und Bänke zusammenzuklappen. Bierfässer wurden aus dem Zelt gerollt, Wasser- und Colakästen gestapelt, die bunten Lampen abgehängt, Kaffeekannen und Kuchenplatten eingesammelt und in Kisten gepackt. Ich ging vorbei an den Mitgliedern der Musikkapelle, die ihre Anlage auf der Ladefläche ihres Transporters verstauten, und trat ein ins Festzelt. Der Großvater saß an der Theke, mit dem Rücken zu mir, als würde ihn das ganze Treiben um ihn herum nicht das Geringste angehen. Ich nahm Platz auf dem Barhocker neben ihm. Es brauchte eine Weile, bis er Notiz von mir nahm. Er nahm einen Schluck und sah mich an. Aus zusammengekniffenen, blutunterlaufenen Augen. Als hätte er Mühe, mich zu erkennen. Oder einzuordnen.

»Leolino«, sagte er schließlich, mit dunkler, rauchiger Stimme. Er stellte das Glas ab und kramte in den Taschen seines Jacketts nach Zigaretten. Er fand eine Schachtel, die reichlich ramponiert aussah und eine einzige krümelige, leicht gebogene Zigarette enthielt. Er suchte sein Feuerzeug, fand es in der Hosentasche und zündete die Zigarette an. Mit zittrigen Fingern.

»Was machst du hier?«, fragte er und steckte das Feuerzeug ein.

»Das weißt du«, sagte ich.

Der Großvater nickte.

»Ja«, sagte er, »das weiß ich.« Er rauchte seine Zigarette, nahm einen letzten Schluck, stellte das Glas auf die Theke und stand auf. Bedrohlich schwankend, sodass ich ihn stützen musste. »Geht schon, geht schon«, sagte er und setzte vorsichtig und um Würde bemüht einen Fuß vor den anderen. »Hier«, sagte der Großvater, als wir das Auto erreichten, und warf mir wie selbstverständlich das Schlüsselbund zu.

Ich fing es auf, öffnete umständlich die Fahrertür, nahm Platz auf dem Fahrersitz und steckte mit zittrigen Fingern den Schlüssel ins Zündschloss.

»Langsam«, sagte der Großvater und schnallte sich an. Er roch, als wäre er in eine Schnapslache gefallen. »Fuß auf die Kupplung.«

»Die Kupplung ist –«

»Kupplung links. Gas rechts. Bremse in der Mitte«, sagte der Großvater.

»Okay«, sagte ich und sah vorsichtshalber nochmal nach.

»Also«, sagte der Großvater, »Fuß auf die Kupplung.«

»Hab ich.«

»Gang einlegen.«

Ich schob den Hebel von hinten nach vorne links, wie ich es tausende Male beim Großvater gesehen hatte.

»Rechter Fuß aufs Gaspedal.«

Der Motor heulte auf und der Wagen machte einen Satz.

»Langsam, langsam«, sagte der Großvater. »Kupplung langsam kommen lassen.«

Ich klammerte mich mit beiden Händen ans Lenkrad und startete einen zweiten Versuch. Im Schneckentempo rollten wir auf die Allee.

»Rechter Fuß vom Gas, linker Fuß auf die Kupplung, zweiten Gang einlegen.«

Ich schob den Schaltknüppel nach hinten.

»Und Gas kommen lassen.«

Und tatsächlich: Wir fuhren.

»Und wieder von vorn«, sagte der Großvater. »Kupplung – dritter Gang – Gas.«

Ich schaltete in den dritten Gang und trat mit der Fußspitze aufs Gaspedal.

»Nicht schlecht«, sagte der Großvater.

Das Tempo erschien mir irrsinnig, obwohl der Tacho gerade mal fünfunddreißig zeigte.

»Und nun in den Vierten?«

»Nein«, sagte der Großvater, »nun zurück in den Zweiten und um die Kurve da vorne. Immer schön langsam, Leolino, immer schön langsam. Und nur über Schleichwege, damit die Polizei nicht auf dumme Gedanken kommt.«

»So leben die meisten Männer«, philosophierte der Großvater, auf dem Rückweg vom Dorffest, während ich alle Mühe hatte, den Wagen auf Kurs zu halten. »Machen ihr Ding. Tragen ihre Bürde. Sprechen nicht. Oder nur das Nötigste. Beklagen sich nicht. Bei niemandem. Leben ihr Leben. Tagein, tagaus. Arbeit. Feierabend. Feierabendbier mit den Kumpels oder den Kollegen. Oder allein in der Küche, während sie sich über das kalte Abendbrot hermachen, das ihnen eine Ehefrau hingestellt hat, die zu ihrem Leben gehört wie das Auto vor der Tür, das Fußballspiel im Fernsehen am Wochenende, der Ärger, den sie runtergeschluckt haben, die Geheimnisse und Affären. Lange Zeit läuft das so. Vielleicht die eine oder andere Irritation zwischendurch. Ein Kind, das in der Schule nicht mitkommt. Eine Scheidung, die nicht eingeplant war. Vielleicht noch eine zweite Scheidung, Jahre später. Die Bäuche werden dicker, die Erektionen spärlicher, der Arzt rät zu besserer und gesünderer Ernährung. Vielleicht Sport, ein- oder zweimal die Woche. Doch ändert all das nichts daran, dass alles immer unverhandelt bleibt. Unverhandelbar. Die Frau geht zum Seelenklempner. Schlägt vielleicht einen gemeinsamen Gang zur Eheberatung vor. Obwohl sie die Antwort ihres Mannes schon im Voraus weiß. Deswegen landet sie in der Psychiatrischen und der Mann in der Kardiologischen. Notfälle gab es oder gab es nicht, das ganze Leben. Je nach Sichtweise war man ein einziger wandelnder Notfall. Oder man war ein Mann. Nun gibt es tatsächlich keine Notfälle mehr, weil man den Punkt längst überschritten hat, vom Notfall hin zu den letzten, fundamentalen Dingen des Lebens. Atmen. Aufstehen. Essen. Trinken. Auf die Toilette gehen. Sich ohne Hilfe von außen den Hintern abputzen. Ich habe mir immer eingebildet, keiner von diesen Männern zu sein. Und die meiste Zeit in meinem Leben war ich keiner von diesen Männern. Und weißt du, wem ich das zu verdanken habe: Deiner Großmutter. Einzig und allein deiner Großmutter.«

Der Großvater schlief wie ein Stein. Den ganzen Nachmittag und in den Abend hinein. Auf dem Sofa im Wohnzimmer, auf dem ich in der Nacht zuvor geschlafen hatte. Die Tür zur Terrasse weit offen, wegen des Geruchs, der von ihm ausging. Nichts als das stete Schnarchen, das Singen der Grillen im Gras, das Bellen der Hunde von den umliegenden Höfen. Eine Weile saß ich am Küchentisch und las in dem noch immer unberührten *Jerry-Cotton*-Heft. Doch konnte ich mich nur schwer darin zurechtfinden. Also gab ich es nach ein paar Seiten auf. Stattdessen holte ich die Postkarten von Lilia aus ihrem Versteck unter der Matratze meines Bettes, legte sie vor mich auf den Tisch und betrachtete sie. Die Bilder auf den Vorderseiten. Die tanzenden Buchstaben auf den Rückseiten, die Lilia mir, nur mir gewidmet hatte. Die Briefmarken rechts oben in der Ecke. Die kaum zu entziffernden Poststempel. Die Art und Weise, wie Lilia meinen Namen geschrieben hatte. Mit einem Kringel am Fuße des »L« und einem Kringel am Ausgang des »o«.

»Lilia und Leo«, flüsterte ich wieder und wieder und küsste die Karten, als wären sie die Geliebte selbst.

Immer wieder sah ich nach dem Großvater. Gegen zehn entschloss ich mich, ihn zu wecken.

Aufgeräumt und geputzt hatte ich. Nun galt es, den Großvater soweit wiederherzustellen, dass er am Montag in der Lage war, die Großmutter vom Bahnhof abzuholen. Möglichst, ohne sie merken zu lassen, was für Anstrengungen dafür nötig gewesen waren. Die Anstrengungen, die ich unternahm, waren folgende: Ich briet dem Großvater Spiegeleier, toastete ihm zwei

Weißbrotscheiben, die ich dick mit Butter bestrich und gehörig salzte. Ich flößte ihm mehrere Tassen schwarzen Kaffee ein. Und ein Getränk, das ich selbst zusammengebraut hatte: Sprudelndes *Aspirin* aus dem Fach im Badezimmerschrank, frisch gepresster Zitronensaft, ein Teelöffel Zucker, eine Prise Salz, aufgegossen in einem großen Glas mit Mineralwasser. Ich stellte den Großvater unter die Dusche, heiß und kalt abwechselnd, brachte ihn ins Bett, bei geöffnetem Fenster, deckte ihn zu und versprach, ihn am Morgen pünktlich zu wecken.

»Leolino«, sagte er, bevor ich das Licht löschte.

»Ja?«

»Ich weiß nicht, was ich ohne dich gemacht hätte heute.«

»Schon gut«, sagte ich, unruhig von einem Bein aufs andere tretend.

»Tut mir leid, dass ich dich das ganze Wochenende alleingelassen habe.«

»Schon gut«, sagte ich wieder, mit einiger Ungeduld in der Stimme.

»Ich bin ein alter, sentimentaler Mann«, sagte der Großvater.

»Nein, bist du nicht«, sagte ich, »und nun schlaf dich aus, damit du morgen früh auf die Beine kommst.«

Ich löschte das Licht und schloss die Tür. Dann machte ich mich an die Arbeit. Wusch das Geschirr ab, machte Ordnung im Wohnzimmer, stellte die Waschmaschine an. Schnellwaschgang. Duschte und putzte die Zähne. Wischte mit der flachen Hand den Film aus Wasserdampf vom Spiegel über dem Waschbecken und sah mich an. Ein paar winzige Barthaare waren über das Wochenende am Kinn gesprossen. Ich nahm die

Haarschneideschere von der Ablage neben der Heizung und schnitt sie so kurz ich konnte. Wartete eine Weile vor der Waschmaschine, bis die Wäsche fertig war. Füllte den Wäschekorb, trug ihn hinüber zur Wäscheleine und hängte die Sachen auf. Das Oberhemd des Großvaters kam mir merkwürdig klein vor. Ich stellte den Korb zurück an seinen Platz und löschte das Licht in der Waschküche, das Licht in der Küche, das Licht in der Diele. Im Dunkeln stieg ich die Treppe hinauf, tastete nach der Türklinke meines Zimmers, stellte den Wecker und fiel ins Bett.

32. August

Nie habe ich den Großvater so nervös gesehen wie an dem Tag, als wir die Großmutter abholten. Dabei war er nur mit Mühe aus dem Bett gekommen, als ich ihn am Morgen geweckt hatte. Hatte seinen Kaffee getrunken, wie eh und je, und sich nicht besonders beeilt, als ich ihm sagte, so langsam müssten wir aufbrechen, wenn wir nicht zu spät kommen wollten. Doch hatten wir keine Zigarettenpause gemacht, an der Stelle, an der wir sonst immer eine machten, und waren auf direktem Weg in die Stadt gefahren. Mit jedem Kilometer, den wir dem Bahnhof näherkamen, wurde der Großvater unruhiger. Fing an sich über andere Autofahrer aufzuregen, was ich noch nie bei ihm erlebt hatte. Trommelte mit den Fingern auf dem Lenkrad herum, wenn jemand vor uns nicht schnell genug fuhr. Überfuhr eine rote Ampel und behauptete, es wäre dunkelgelb gewesen. Schließlich standen wir auf dem Bahnsteig, demselben, auf dem wir die Großmutter vor einer halben Ewigkeit von zehn Tagen verabschiedet hatten. Der Zug, so hieß es, hätte Verspätung. Der Großvater biss auf seinem Daumennagel herum. Er setzte sich auf eine Bank, stand wieder auf und setzte sich wieder. Sah unentwegt auf zu der großen Uhr, deren Zeiger mit endloser Langsamkeit die Sekunden und Minuten vertickten. Dann hörten wir den Zug pfeifen, in der Ferne. Der Großvater sprang auf.

»Kannst du ihn sehen, Leolino?«, fragte er.

»Ja«, log ich. »Da hinten ist er.« Dann konnte ich ihn wirklich sehen. Hinter der flirrenden Wand aus Hitze über den Gleisen. »Da kommt er«, sagte ich.

»Ja, da kommt er«, sagte nun auch der Großvater und knöpfte sein Jackett zu. Glättete das Haar. Knöpfte das

Jackett wieder auf. Wischte sich mit dem Handrücken den Schweiß von der Stirn.

»Die Blumen«, sagte ich und reichte dem Großvater den Strauß, den wir unten in der Halle gekauft hatten.

»Gibst du ihr«, sagte der Großvater. Und dann noch etwas, das ich nicht verstehen konnte, weil der Zug einfuhr, mit großem Getöse und kreischenden Bremsen.

Ein Moment Stille. Dann klappten die Türen auf. Die Großmutter stieg aus, nur ein paar Meter rechts von uns. Jemand reichte ihr den Koffer aus dem Zug und sie bedankte sich.

»Komm, Leolino«, sagte der Großvater und gab mir einen Klaps auf die Schulter.

Wir eilten der Großmutter entgegen, die gut und erholt aussah in ihrem Kostüm. Sie rückte den Hut zurecht und drehte sich um.

»Da seid ihr ja, ihr Halunken!«, sagte sie.

Der Großvater lud uns ein, ins beste Restaurant der Stadt.

»Musst du nicht arbeiten?«, fragte die Großmutter.

»Es gibt Wichtigeres«, sagte der Großvater.

Der Großvater selbst aß nur Suppe und etwas Salat. Sagte, bei der Hitze könne er nicht mehr vertragen. Die Großmutter dagegen aß mit großem Appetit: Vorspeise, Hauptgericht, Nachtisch. Dann bestellte sie Kaffee. Und einen Schnaps.

»Für die Verdauung«, sagte sie und sah den Großvater misstrauisch an, als er den Schnaps ablehnte, den der Kellner ihm anbot.

»Nein, danke«, sagte der Großvater, »muss noch fahren.«

Die Großmutter erzählte ausführlich von ihrem Besuch bei der Schwester. Von den zwei Hunden, Jimmy und Jackie. Von der Reparatur des Daches, das im Frühjahr bei einem der großen Stürme Schaden genommen hatte. Von dem Besuch der Oper am Samstag in der Hauptstadt.

»Und ihr?«, fragte sie und löffelte ihr Eis mit heißen Himbeeren. »Was habt ihr so getrieben?«

Zu Hause ging die Großmutter von Zimmer zu Zimmer und sah sich um. Dann inspizierte sie den Garten.

»Die Pflanzen brauchen Wasser«, sagte sie. »Mit der Wäsche hättet ihr mal lieber auf mich gewartet. Und im Schlafzimmer ist das Bett nicht gemacht. Aber alles in allem –« Sie tätschelte mir den Kopf, »nicht annähernd so schlimm wie erwartet.«

Der Großvater und ich wechselten einen Blick.

»So«, sagte die Großmutter, »nun versorge ich die Blumen, die ihr mir gekauft habt, und packe den Koffer aus und dann lege ich mich ein Stündchen aufs Ohr.« Sie schien bester Dinge. »Alter Schlawiner«, sagte sie, stellte sich auf die Zehenspitzen und küsste den Großvater. In meiner Gegenwart. Als wüsste sie, dass wir ihr eine Komödie vorspielten. Als wollte sie sagen: Ich weiß, die Dinge sind nicht, wie sie scheinen. Und ich weiß: Ihr wisst, dass ich es weiß. Doch ist das Haus nicht abgebrannt, der Garten nicht völlig ausgetrocknet, der Enkel, nach allem, was sich sagen lässt, nicht unter die Räder gekommen, also legen wir den Mantel des Vergessens über die Angelegenheit und freuen uns, dass wir uns wiederhaben, alle drei. »Und?«, fragte die Großmutter, »was macht ihr in der Zwischenzeit?«

»Wir«, sagte der Großvater, »kümmern uns um den Garten.«

Wieder sah die Großmutter den Großvater misstrauisch an.

»Das lass mal meine Sorge sein«, sagte sie schließlich. »Vielleicht kann Leo mir nachher helfen, wenn es nicht mehr so heiß ist.« Sie seufzte. »Irgendetwas ist hier im Busche«, sagte sie.

»Es ist nur –«, sagte ich. »Wir freuen uns beide sehr, dass du wieder da bist.«

Die Großmutter sah mich an. Fast ein wenig gerührt.

»Ist das so?«, fragte sie und wischte verstohlen eine Träne aus dem Augenwinkel.

»Ja, Oma«, sagte ich mit bewegter Stimme und fiel ihr um den Hals. Riss mich zusammen, damit ich nicht anfing zu heulen. Fühlte die Finger der Großmutter sanft auf meinem Kopf. Hörte den Großvater, der sich räusperte in meinem Rücken.

»Komm, Leolino«, sagte er. »Wir beide machen einen kleinen Spaziergang. Kann der Feld… – äh, kann die Oma sich in Ruhe ausruhen.«

Wir strichen durch den Wald, der Großvater und ich, über Stock und Stein, entlang schmaler Pfade, zwängten uns durch Zäune, die Wiesen und Weiden abtrennten, spazierten mit ausgestreckten Armen über umgestürzte Bäume, die über kleine, klare, reißende Bäche führten, ganz ähnlich dem, in dem Monette und ich gebadet hatten. Wir begegneten einem Reh mit einem kleinen Kitz an der Seite und sahen sie beide wie auf Kommando im Dickicht verschwinden. Wir sahen Feldhasen und Vögel und unzählige

Insekten – Libellen, Schmetterlinge, lästige, hartnäckige Pferdebremsen – und wurden von unzähligen Augenpaaren gesehen, von deren Nähe wir nicht einmal etwas ahnten. Füchse. Dachse. Waschbären. Wer weiß: Luchse?

»Hauptsache, keine Wildschweine«, sagte der Großvater und kletterte die Leiter eines Hochsitzes hinauf, der etwas windschief auf einer Anhöhe aufgestellt worden war, mit Blick auf die umliegenden Felder und Wälder. Sand in allen möglichen Farben, gelb, braun und schwarz. Kiefern. Fichten. Birken. Der blaue Himmel über allem, seit Tagen und Wochen.

»Es hat kein einziges Mal geregnet in den Ferien«, sagte ich und nahm neben dem Großvater Platz auf der Bank. »Nur das eine Mal in der Nacht mit Monette.«

Der Großvater nickte und sah mit zusammengekniffenen Augen zum Himmel auf.

»Wird sich auch so schnell nicht ändern«, sagte er.

»Woher wusstest du, dass es Regen geben würde, neulich?«, fragte ich.

»Keine Ahnung«, sagte der Großvater, »wusste es einfach.« Er ließ den Blick schweifen über die unbewegte Landschaft. »Die Knochen vielleicht«, sagte er.

Dann sagten wir nichts mehr, eine ganze Weile. Saßen nur da, auf der Bank in der Hochsitzkabine, und hingen unseren Gedanken nach.

»Die Sache mit Monette ist die –«, begann der Großvater.

Doch wollte ich gar nicht wissen, wie die Sache mit Monette war.

»Ich habe auch eine Monette –«, sagte ich schnell, um den Großvater zu unterbrechen.

»So?«, sagte der Großvater. Er schob die Sonnenbrille auf die Nasenspitze und sah mich über den Rand der Gläser hinweg an. »Und wie heißt deine Monette?«, fragte er.

»Lilia«, sagte ich und wunderte mich über mich selbst. »Lilia Kronstad.«

»So –«, sagte der Großvater wieder. Er schob die Sonnenbrille zurück auf die Nasenwurzel. »Und wie ist sie so, deine Lilia Kromstab?«

»Kron-stad.«

»Kronstad.«

»Sie ist halb Schwedin und halb Argentinierin«, sagte ich. »Und außerdem ist sie das schönste Mädchen, das ich je gesehen habe.«

»Schöner als Monette?«

»Anders schön.«

Der Großvater dachte nach.

»Dann musst du sie sehr vermissen, deine Lilia«, sagte er. »Wenn ihr euch die ganzen Ferien nicht sehen könnt.«

»Sie ist im Urlaub. Mit ihrer Familie. In Frankreich und Spanien.«

»So«, sagte der Großvater. »Und wann kommt sie wieder?«

»Ich weiß nicht.«

»Wie?«, fragte der Großvater. »Du weißt nicht, wann sie wiederkommt?«

»Sie hat mir Karten geschickt, aus dem Urlaub. Aber sie hat nichts davon geschrieben, wann sie wiederkommt.«

»Hast du ihr geschrieben?«

»Nein.«

»Dann wird es höchste Zeit.«

»Ich sehe sie sowieso bald. In der Schule.«

»Ja. Aber vielleicht willst du nicht solange warten. Und sie auch nicht.«

»Um die Wahrheit zu sagen: Wir haben uns noch nie gesehen. Außerhalb der Schule, meine ich.«

»Aber du würdest sie gerne sehen? Außerhalb der Schule, meine ich?«

Ich nickte.

»Und sie dich auch?«

Ich nickte wieder.

»Ich glaube schon«, sagte ich.

»Dann schreib ihr eine Karte«, sagte der Großvater. »Kennst du ihre Adresse?«

Ich nickte.

»Schreib ihr eine Karte und verabrede dich mit ihr.«

»Du meinst –«

»Du weißt nicht, wann sie aus dem Urlaub zurück ist?«

Ich schüttelte den Kopf.

»Dann verabrede dich mit ihr am Tag, bevor die Schule wieder anfängt. So gehst du auf Nummer sicher.«

»Und wenn sie nicht kommt?«

»Ich denke, sie mag dich.«

»Ja, schon, aber –«

»Dann wird sie auch kommen. Was sagtest du: Wann fängt die Schule an?«

»Donnerstag nächste Woche.«

»Datum?«

»2. September.«

»Also verabredest du dich mit ihr für Mittwoch.«

»Den ersten.«

»Den 32.«

»Den 32.?«

»Den 32. August«, sagte der Großvater. »Klingt wie der Name einer Geheimoperation. Und, Leolino, ich kann dir sagen: Genauso werden wir es angehen.«

»Wie eine Geheimoperation?«

»Exakt«, sagte der Großvater und sah mich an. »Merkst du den Wind?«, fragte er.

»Ja«, sagte ich. »Zieht ziemlich hier oben.«

»Hier oben zieht nichts«, sagte der Großvater. »Das ist der Herbst, der sich ankündigt, wie ein Geist, an diesen warmen und klaren Spätsommernachmittagen. Und nun komm, wir wollen den Feldwebel nicht zu lange warten lassen.«

In der Nacht dachte ich, ich hätte die Großmutter singen gehört. Mit einer schönen, melodischen, heiseren Stimme. Wie eine Nachtigall im dunklen Blau vor dem Fenster. Ich lauschte in die Finsternis hinein. Mit offenen Augen. Dann schlief ich wieder ein.

In den ersten Tagen nach seiner Rückkehr in die Firma ging der Großvater mit solchem Einsatz an die Arbeit, dass man hätte meinen können, er hätte unser Gespräch auf dem Hochsitz vergessen. Alles war wie eh und je: Am Morgen machten wir uns auf den Weg. Der Großvater machte halt an der Kreuzung zur Landstraße und rauchte seine Zigarette. Wir statteten Schmidtchen einen Besuch in ihrem Büro ab. Wir gingen auf einen doppelten Espresso und eine kalte Zitrone ins Eiscafé in der Stadt. Dann begann das eigentliche Tagewerk: Den Nachmittag über klapperten wir Kunden ab, nicht ganz so ausdauernd und ausführlich wie sonst, weil doch einiges liegengeblieben war, wie der Großvater nicht müde wurde zu betonen, wenn unsere Gastgeber lange Gesichter machten, weil wir so ungewohnt zeitig aufbrachen. Gegen Abend hielten wir an der Tankstelle. Der Großvater machte seine Besorgungen, während ich die Windschutzscheibe schrubbte. Der Großvater, so fiel mir auf, trank weniger als sonst. Rauchte weniger. Achtete darauf, dass wir nicht zu spät nach Hause kamen.

»Was ist denn mit deinem Opa los?«, fragte Schmidtchen hinter vorgehaltener Hand. »Er wirkt so seriös auf einmal.«

Am Donnerstag gesellte sich Monette zu uns, am Vormittag vor dem Eiscafé. Ganz wie am Donnerstag zwei Wochen zuvor. Doch war die Stimmung eine ganz andere. Weniger ausgelassen und feierlich.

»Lange nicht gesehen«, sagte Monette und küsste den Großvater auf die Wange.

»Viel zu tun gehabt«, sagte der Großvater.

»Es gibt Telefon«, sagte Monette, um Leichtigkeit in ihrer Stimme bemüht. Sie nahm neben mir Platz und strich mir mit dem Handrücken über die Wange. »Leo«, sagte sie und lächelte mich an, versonnen und ein wenig traurig.

Sie sah unglaublich aus in ihrem schwarzen Kleid mit dem tiefen Ausschnitt. Mir fiel der BH ein, den ich im Pavillon versteckt hatte, damit die Großmutter ihn nicht finden und Fragen stellen konnte, die unangenehm gewesen wären, für mich wie für den Großvater. Ich lief knallrot an.

»Einen Milchshake für die Dame?«, fragte der Kellner.

»Nein, danke«, sagte Monette. »Ich muss gleich wieder los –«

Am Abend war ich kurz davor, dem Großvater zu sagen, ich würde zu Hause bleiben, anderntags, bei der Großmutter. Wir saßen im Auto, mit Blick auf den Schuppen, der Motor sirrte und klickte, nachdem der Großvater ihn abgestellt hatte. Die Sonne über dem Schuppendach versank in einem roten Meer aus Feuer.

»Es gibt sehr wenige Menschen, denen man begegnet im Leben«, sagte der Großvater, »die einen an niemand anderen erinnern, dem man schon mal begegnet ist. Nicht unbedingt, weil diese Menschen besonders schön oder besonders klug oder besonders hässlich oder besonders dumm sind. Weil sie besonders sind. Aussehen wie niemand sonst. Sich geben wie niemand sonst. Denken wie niemand sonst. Dein Leben bereichern wie niemand sonst. Deine Oma ist so jemand. Als ich sie das erste Mal sah, war es, als sähe ich jemanden aus einer anderen Welt. Von einem anderen Stern.«

Beide betrachteten wir den Sonnenball, der den Schuppen erglühen ließ, als käme er aus dem Brennofen. Dann war die Sonne verschwunden und mit ihr das Rot. Für einen Moment, ein paar Sekunden oder eine halbe Minute, hielt die Natur inne. Die Grillen hörten auf zu zirpen, die Hummeln hörten auf zu summen in den Stockrosen an der Hauswand, die Vögel hörten auf zu singen. Die Landschaft um uns herum färbte sich blau.

»Ich weiß nicht, wie es mit deiner Lilia ist«, sagte der Großvater in die Stille hinein. Er sah mich an. »Aber morgen früh beginnen wir mit den Vorbereitungen.«

Ich nickte.

»Operation 32. August«, sagte der Großvater und hielt mir die ausgestreckte Hand hin.

»Operation 32. August«, sagte ich und schlug ein.

Als Erstes fuhren wir zu *Bibi's* und ließen uns die Haare schneiden. Beide. Zuerst der Großvater, der den Chef kannte, wie er jeden zu kennen schien, und sich mit ihm unterhielt wie mit einem alten, guten Bekannten, über alles Mögliche: das Wetter, die Geschäfte, die Ergebnisse des Pferderennens vom Sonntag. Dann war ich dran. Bibi, der Friseurmeister, schnitt mir persönlich die Haare und fragte mich aus dabei: nach der Schule, nach meinen Noten, nach den Sommerferien. Schließlich die unvermeidliche Frage:

»Und? Hast du denn schon eine kleine Freundin?«

»Was meinst du, Bibi«, sagte der Großvater und sah von der Zeitschrift auf, in der er blätterte, »warum wir hier sind?«

Eins musste man Bibi lassen: Das üppige Trinkgeld, das der Großvater ihm gab, hatte er sich verdient. Ich konnte mich gar nicht satt sehen an meiner neuen Frisur.

»Und nun?«, fragte ich, als wir unter dem Bimmeln der Türglocken den Laden verließen.

»Nun erst mal einen Doppelten bei *Luciano*«, sagte der Großvater und schloss die Fahrertür auf. »Und dann sehen wir uns um nach Klamotten für dich.«

»Ich wusste gar nicht, dass du dich für Pferderennen interessierst.«

»Tu ich auch nicht«, sagte der Großvater. »Jedenfalls nicht besonders. Aber ich weiß, Bibi interessiert sich dafür.«

Der Großvater wusste genau, welche Geschäfte in der Stadt für welche Sachen in Frage kamen. Wir kauften eine *Levis* im Jeans-Laden auf der Rückseite vom Rathaus, zwei Hemden in einem Herren-Bekleidungsgeschäft am Marktplatz, das ich noch nie von innen gesehen hatte, Schuhe in einem Schuhladen in einer kleinen Gasse nicht weit von der Wohnung des Großvaters entfernt. Überall kannte der Großvater den Inhaber, die Inhaberin, die Mitarbeiter. Alle freuten sich aufrichtig, ihn zu sehen. Überall bekam er ein paar Prozent Rabatt.

»So«, sagte er, als wir unsere Ausbeute in knisternden Tüten zum Auto trugen, »nun brauchst du noch ein Jackett.«

Wir verstauten die Tüten im Kofferraum und gingen zu *Grantz*. Von meiner Mutter wusste ich, dass hier nur die Schönen und Reichen der Stadt kauften.

»Okay«, sagte der Großvater, als könnte er Gedanken lesen, »reich sind wir nicht, Leolino, aber schön allemal.« Damit trat er ein in die Drehtür und ich folgte ihm. »Tach Thomsen«, grüßte er den älteren Herrn hinter der Krawattenauslage.

»Jerry!«, sagte Thomsen. Er rieb sich die Hände«, als erwarte er das Geschäft seines Lebens, und trat hinter der Auslage hervor.

Die beiden unterhielten sich ein Weilchen, über alte Zeiten und die ewige Hitze und das Wohlergehen der Gattinnen.

»Was kann ich für dich tun?«, fragte Thomsen schließlich.

»Ich brauche ein Sakko«, sagte der Großvater. »Das heißt, mein Enkel Leo braucht eins.« Er legte mir die Hände auf die Schultern.

»Guten Tag, Herr Thomsen«, sagte eine ältere Dame, die den Laden betrat.

»Frau von Hentschel«, sagte Thomsen. »Sehr erfreut.« Er betätigte die Glocke, die am Rande der Krawattenauslage stand, und eine Mitarbeiterin kam herbeigeeilt. Sie nickte dem Großvater zu, als sie an uns vorbeilief und schlug die Augen nieder dabei.

»Frau von Hentschel«, flötete sie und führte die Dame am Unterarm in einen anderen Teil des Ladens.

»Die Sache ist die –«, sagte der Großvater, »wir bräuchten das Sakko bis spätestens Mittwoch.«

»Das wird sich machen lassen«, sagte Thomsen, zog ein Maßband aus der Westentasche, wie ein Zauberer das Kaninchen an den Ohren aus dem Hut zieht, und begann zu messen, unablässig Zahlen murmelnd. Schulter, Taille, Ärmel, Kragen. »Ich zeige euch ein paar schöne Stoffe, die ganz frisch eingetroffen sind«, sagte er und ließ das Maßband in der Westentasche verschwinden. »Du suchst einen Stoff aus«, sagte er und tätschelte mir die Schulter, »und am Dienstagvormittag, naja, sagen wir am Dienstagnachmittag ist das gute Stück fertig und abholbereit.« Er wies den Weg in ein Hinterzimmer, das durch schwere rote Vorhänge vom Verkaufsraum abgetrennt war. »Zu welchem Anlass wird das Jackett benötigt?«, fragte er und ließ den Vorhang fallen, den er gehalten hatte, um uns hindurchzulassen.

»Fehlt nur noch das Allerwichtigste«, sagte der Großvater, nachdem wir das Jackett bei *Grantz* in Auftrag gegeben hatten.

»Und das wäre?«

»Die Postkarte.«

Lange konnten wir uns nicht entscheiden: Die Postkarten vor dem Kiosk erschienen uns zu schlicht, die Postkarten in der Buchhandlung zu kunstvoll für unsere Zwecke. Wir waren kurz davor, eine simple, aber weiß gerahmte Ansichtskarte (Stadtkirche unter Bilderbuchhimmel) beim Souvenirladen zu kaufen, als mir die Postkarten mit den Schmetterlingen im Feinkostladen einfielen, in dem wir zu Beginn der Ferien den Kaffee für die Großmutter gekauft hatten.

»Ich weiß, wo wir die Karte kaufen«, sagte ich. »Bei *Kramer*!«

Es war eine Sache, die Karte zu kaufen. Eine ganz andere war es, sie zu schreiben. Das ganze Wochenende verbrachte ich damit, Entwürfe zu machen, die ich dann wieder verwarf. Wo ich ging und stand, kritzelte ich herum: auf dem Einkaufszettelblock der Großmutter, auf der Rückseite rosafarbener Drittdurchschläge von Rechnungen, die der Großvater gestellt hatte, auf fettigem Butterbrotpapier, auf Briefumschlägen und Zeitungsrändern. Nichts stellte mich zufrieden. Entweder klang das, was ich schrieb, zu gewollt, zu übertrieben, zu schwülstig, oder – fast noch schlimmer – zu gestelzt, zu formal, so als würde mich die ganze Angelegenheit nur im bürokratischen Sinne angehen. Am Sonntagnachmittag war ich genauso weit mit meiner Postkarte wie ich es achtundvierzig Stunden zuvor am Freitagnachmittag gewesen war.

»Mach es dir nicht zu schwer«, sagte der Großvater, beim Kaffee nach dem Abendbrot, während die Großmutter in der Küche herumhantierte, die aufgrund eines nie ausgesprochenen beiderseitigen

Stillschweigeabkommens nichts von der ganzen Sache wusste. Schließlich, so bekämpfte ich mein schlechtes Gewissen, handelte es sich um eine Geheimoperation.

Also sagte ich, ich würde noch etwas spazieren gehen und versprach, vor Einbruch der nun immer früher und plötzlicher einfallenden Dunkelheit wieder zu Hause zu sein. Schnurstracks ging ich zum Pavillon, fest entschlossen, die Stunde, die mir blieb, zu nutzen und nicht herauszukommen, ohne die Karte geschrieben zu haben. Doch war der Pavillon kein Ort, um Karten zu schreiben. Es war ein Ort zum Träumen. Und so ließ ich die Gedanken schweifen, malte mir aus, wie es sein würde, am Mittwoch, wenn ich Lilia wiedersah. Falls ich Lilia am Mittwoch wiedersah. Und nicht erst am Donnerstag in der Schule. Falls sie wirklich kommen sollte zu unserer Verabredung, von der sie nicht einmal etwas wusste. Ich schloss die Augen und sah sie vor mir, wie sie vor der Klassentür stand, in ihrer roten College-Jacke, die Hände hinter dem Rücken verschränkt, leicht nach vorn gebeugt, ein Bein angewinkelt, die Fußsohle gegen die Tür gestellt, und *Juicy-Fruit*-Kaugummiblasen platzen ließ, mit einem leisen Knall, der durch den Flur hallte. Später, im letzten Licht des Tages, holte ich Monettes BH aus seinem Versteck hinter dem Stützbalken unter der Kuppel hervor. Ich roch daran, ein letztes Mal, liebkoste und küsste ihn. Legte ihn zurück an seinen Platz. Vielleicht würde ich wiederkommen eines Tages und er wäre noch da. Ich würde mich schämen. Oder mich amüsieren. Oder beides zugleich. Genau wie jetzt. Ich nahm die Postkarte und den Stift vom Tisch, steckte beides ein und machte mich auf den Weg zurück. Lange lag ich wach. Bis tief in die Nacht. Wälzte Worte. Sätze.

Begrüßungs- und Abschiedsformeln. Wägte ab, wieder und wieder, verwarf und veränderte und verbesserte. Bis ich aufstand, irgendwann im Morgengrauen, und mich an den Schreibtisch setzte.

»Liebe Lilia«,
    schrieb ich in meiner schönsten Sonntagsschrift.
    »Vielen Dank für deine Post. Ich habe mich sehr darüber gefreut. Wollen wir uns am Mittwoch um 4 in der Stadt treffen (Marktbrunnen)?
    Viele Grüße, Dein Leo«

Am Morgen warf ich die Postkarte in den Briefkasten am Bahnhof. Zögerlich. Mit klopfendem Herzen. Hielt die Karte in der Rechten, eine Hälfte im Kasten, die andere außerhalb. Dann schob ich die Hand Zentimeter für Zentimeter tiefer hinein ins unergründliche Dunkel, während ich mit der Linken den Deckel hielt. Schließlich ließ ich die Karte fallen. Und den Deckel los, der mit einem einzigen trockenen Klappen zurück auf den Schlitz fiel. Als würde eine Gefängnistür ins Schloss fallen.

»Alles in Ordnung?«, fragte der Großvater, als ich auf den Beifahrersitz sank.

»Wird der Kasten wirklich zweimal am Tag geleert?«

»Seit Menschengedenken. Einmal um zwölf, einmal um achtzehn Uhr.«

»Wann ist die Postkarte dann bei Lilia?«

»Morgen.«

»Und wenn nicht?«

»Dann Mittwoch.«

»Und wenn das zu spät ist? Mittwoch ist der Tag, an dem wir uns treffen.«

»Ich weiß. Aber wer konnte ahnen, dass du das ganze Wochenende brauchst, um die Karte zu schreiben?«

»Vielleicht kommt sie erst Mittwoch aus dem Urlaub zurück.«

»Vielleicht.«

»Oder sie sehen nicht jeden Tag nach der Post.«

»Leolino. Wir haben getan, was wir konnten. Und werden auch weiterhin tun, was in unserer Macht steht. Alles andere – Post, Urlaub, die Gepflogenheiten der Familie Kronstad – können wir nicht beeinflussen. Stimmt's?«

»Stimmt.«

»So, und nun Kopf hoch. Wird schon schiefgehen.« Der Großvater sah mich an. »Jetzt erst mal Kaffee in der Stadt.«

»Besser nicht. Oder ich warte im Auto auf dich.«

»Wieso das?«

»Ich darf Lilia nicht begegnen. Nicht vor übermorgen, meine ich.«

»Und warum nicht?«

»Ich darf nicht.«

»Ja. Aber warum nicht?«

»Weil ich nicht darf.«

An diesem Morgen trank der Großvater seinen Kaffee im Garten des altmodischen *Café Kreitz* am Stadtrand. Kalte Zitrone stand hier nicht zur Auswahl. Aber ich war erleichtert, dass ich dem Großvater sein Stamm-Eiscafé ausgeredet hatte.

»Bei *Luciano* wird man sich Sorgen machen«, sagte er.

»Ist ja nur für ein paar Tage.«

»Ein doppelter Espresso für den Herrn«, sagte die Bedienung und lief rot an, als sie dem Großvater die

Tasse hinstellte. »Und der junge Mann?«, fragte sie. »Etwas gefunden inzwischen?«

»Ich nehme auch einen doppelten«, sagte ich.

Die Bedienung sah von mir zum Großvater. Der Großvater verzog keine Miene.

»Ist schon gut«, sagte er. »Aber ein einfacher tut's fürs Erste auch.«

»Was ist mit dem Jungen los?«, fragte Schmidtchen, als wir hereinkamen, in das kühle, schattige Büro mit den heruntergelassenen Jalousien, in dem es immer nach frisch gekochtem Kaffee roch. »Er ist ja ganz blass.« Schmidtchen stand von ihrem Platz am Schreibtisch auf und sah mich besorgt über den Rand ihrer Brille hinweg an. Dann den Großvater. »Ich hoffe, er bekommt genug Schlaf«, sagte sie.

»Mach dir keine Sorgen«, sagte der Großvater. »Der Junge schläft gut und ausreichend. Nur das Wochenende war etwas anstrengend für ihn.«

Schmidtchen stemmte die Hände in die Hüften, ganz wie die Großmutter, wenn sie es ernst meinte.

»Ich hoffe, du hast den Jungen nicht zu irgendwelchen Gelagen mitgeschleppt.«

»Das war vorletztes Wochenende«, sagte der Großvater, während er das Auftragsbuch durchblätterte.

»Das war vorletztes Wochenende«, echote Schmidtchen. »Und was war am letzten?«

»Erzähl du es ihr, Leo«, sagte der Großvater.

»Ich musste eine Karte schreiben«, sagte ich.

»Hat er dich dazu verdonnert?«, fragte Schmidtchen und sah streng hinüber zum Großvater.

»Er hat die Karte für mich gekauft«, sagte ich.

Misstrauisch blickte Schmidtchen mich an.

»Sie ist für meine Freundin«, sagte ich und versuchte, es so normal klingen zu lassen wie nur möglich.

»Für deine –« Schmidtchen legte die flache Hand auf die Lippen. Dann beugte sie sich vor und flüsterte: »Wie heißt sie denn, deine –«

»Lilia«, sagte ich und lief im selben Moment knallrot an.

Schmidtchens Gesichtszüge wurden ganz weich. Sie nahm die Brille ab und lächelte.

»Ist er nicht entzückend?«, fragte sie. Den Großvater. Oder niemand im Besonderen. »Zum Küssen.«

»Tu dir keinen Zwang an«, sagte der Großvater.

Am Dienstag holten wir das Jackett ab, das wie angegossen passte.

»Na, zufrieden, junger Mann?«, fragte Thomsen, während ich mich im Spiegel betrachtete.

Der Großvater zahlte in bar. Und obwohl Thomsen ihm einen Sonderpreis machte, staunte ich, wie viele Hunderter den Besitzer wechselten. Stolz trug ich meinen Schatz Richtung Parkplatz, als der Großvater mir die Hand auf die Schulter legte.

»Ich habe noch etwas zu erledigen, Leolino. Wird nicht lange dauern.«

Da ich mich partout nicht länger als unbedingt nötig in der Stadt aufhalten wollte, um allen Eventualitäten vorzubeugen, ging ich auf kürzestem Weg zum Auto und wartete dort auf den Großvater. Als er kam, nach etwa einer Stunde, war er allerbester Dinge. Pfiff leise vor sich hin. Lächelte versonnen. Startete den Motor und sah mich an, ganz so, als wäre ihm eben erst eingefallen, dass ich neben ihm saß.

»Monatsende, Leolino«, sagte er, »du weißt, was das bedeutet.«

»Ich habe keinen Schimmer.«

»Bedeutet: Wir fahren in die Anstalten.«

Die Anstalten, wie der Großvater sie nannte, war der volkstümliche Begriff für eine Einrichtung am Rande der Stadt, in der körperlich und geistig behinderte Menschen lebten und arbeiteten. An die Einrichtung, die einen sehr guten Ruf genoss, weit über die Stadtgrenzen hinaus, schloss sich die eigentliche Anstalt an: eine schöne, düstere Villa in einem parkähnlichen Garten, von hohen Mauern umschlossen, in der die psychisch Kranken der Stadt untergebracht waren. Nun erinnerte ich mich: Am allerersten Tag, als wir im Gefängnis waren, um die Waffen abzuholen (die sich als Werbematerialien entpuppten), hatte der Großvater davon gesprochen, dass es zum Ende jeden Monats in die Anstalten ging.

»Warum waren wir Ende Juli nicht hier?«, fragte ich, als wir uns beim Pförtner anmeldeten, der in einem Häuschen inmitten der Auffahrt saß und den Großvater per Handschlag begrüßte.

»Weil die Anstalten Betriebsferien hatten«, sagte der Großvater, legte den Gang ein und hob die Hand, um sich beim Pförtner zu bedanken, der die Schranke hochfahren ließ.

Zum ersten Mal in meinem Leben sah ich das Gelände der Anstalten von innen: die Wohnhäuser, die Werkstätten, den Sportplatz mit den Fußballtoren und Basketballkörben, der genauso aussah wie der in der Schule. Wir parkten den Wagen im Schatten einer Lagerhalle.

Stiegen die Stufen der rostfarbenen Eisentreppe hinauf und öffneten die schwere grüne Eisentür, die ins kühle, dunkle Innere der Halle führte. Die Halle war riesengroß und vollkommen leer. Bis auf einen Tisch, der quer zum Eingang stand, einem Stuhl hinter dem Tisch, ein paar Kisten und Kartons und einem etwas verloren aussehenden Gabelstapler. Wir traten an den Tisch, auf dem eine zusammengefaltete Zeitung lag, eine Packung Zigaretten, ein Feuerzeug. An der einen Ecke ein Aschenbecher, an der anderen ein Kugelschreiber an einer schwarzen Spiralschnur, die in einen schwarzen Sockel mündete. Dazwischen eine Tischglocke, die der Großvater ohne zu zögern betätigte.

»Jerry!«, tönte es Sekunden später aus dem Halbdunkel der Halle.

Ein Mann kam herbeigeeilt, von wer weiß woher, in einem grauen Kittel, in dessen linker Seitentasche eine Thermoskanne steckte.

»Claus-Carlo!«, sagte der Großvater.

»Hab schon gedacht, du kommst nicht mehr.«

Die Männer rauchten und unterhielten sich, während ich die Kartons, die Claus-Carlo für uns bereitgestellt hatte, die Treppe hinuntertrug und in den Kofferraum hievte. Vier Stück insgesamt. Ich schloss den Kofferraumdeckel und lehnte mich an den Kotflügel. Bis der Großvater die Zigarette über das Gelände schnippte, sich mit Mittel- und Zeigefinger an die Schläfe tippte und die Treppe heruntergelaufen kam.

»Komm, Leolino«, sagte er.

»Sind wir noch nicht fertig?«, fragte ich.

»Müssen noch einen Besuch machen.«

»Hier?«

»Nicht direkt hier. Drüben.« Er wies in Richtung der Anstalt. »Guter Freund von mir«, sagte er und gab mir einen Klaps auf die Schulter.

Während der Großvater mir von seinem Freund erzählte, auf dem Weg hinüber zur Villa, in der er untergebracht war, wurde mir klar, was mich an der ganzen Sache so erstaunte. Es war mir wie selbstverständlich erschienen, dass der Großvater zwar eine Unmenge von Leuten kannte und mit so gut wie jedem auf Du und Du war, es aber niemanden gab, den er mit Fug und Recht als seinen Freund bezeichnet hätte.

»Dennis«, sagte der Großvater, »war ein Kollege von mir. Nicht irgendein Kollege. Der beste, den wir je hatten. Ein Verkaufsgenie. Obwohl er gerade mal Anfang zwanzig war. Außerdem spielte er Fußball und war auf dem Sprung in die zweite Liga.«

Wir stoppten an der Eingangspforte und setzten uns auf eine Bank.

»Dann, eines Tages, begann er auszurasten. Ohne jede Vorwarnung. Beschimpfte einen Kollegen. Beruhigte sich wieder. Entschuldigte sich. Am nächsten oder übernächsten Tag beschimpfte er einen Kunden. Am Telefon. Beruhigte sich wieder. Fuhr raus zum Kunden, mit einer Flasche und einem Blumenstrauß, und entschuldigte sich. Dann wurde es immer schlimmer. Ich mochte Dennis. Wir alle mochten ihn. Hin und wieder trank ich ein Bier mit ihm zum Feierabend. Alle paar Wochen gingen wir zusammen essen. Am Sonntag fuhr ich raus, wenn er Fußball spielte. Obwohl ich mich nicht die Bohne für Fußball interessierte, sah ich, dass er ein besonderer Spieler war. Und das nicht nur, weil er fast alle Tore schoss. Es hieß, es seien

Späher aus der Hauptstadt gekommen, um Dennis spielen zu sehen. Auch Späher aus anderen Städten. Irgendwann lud Dennis mich ein, zu seiner Geburtstagsfeier. Ich lernte seine Frau kennen. Und seinen Sohn, der noch ganz klein war damals. Als das mit den Anfällen losging, fuhr ich mit ihm zum Arzt. Dennis bekam Medikamente. Beruhigte sich. Dauerhaft. Spielte beim Training einiger Vereine vor. Doch dann wirkte die Medizin nicht mehr. Oder er nahm sie nicht regelmäßig. Alles begann wieder von vorn. Ich versuchte, ihm zu helfen, so gut es ging. Doch schließlich wurde er handgreiflich. Zuerst einem Kunden gegenüber, was ihn den Job kostete. Dann bekam ich einen Anruf von seiner Frau. Dennis war auf sie losgegangen und hatte das halbe Haus demoliert. Das Kind weinte im Hintergrund. Ich fuhr raus zu den beiden. Brachte sie in einem Hotel in der Stadt unter. Für alle Fälle. Dann machte ich mich auf die Suche nach Dennis. Fand ihn, nach Stunden, lammfromm, auf einer Bank am Kanal. Er lehnte den Kopf an meine Schulter und fing an zu weinen. Ich sagte, ich würde ihn hierher bringen. Dennis nickte, nach einer Weile, und sagte, es wäre vermutlich das Beste. Mit der Fußballkarriere war es jedenfalls vorbei.«

Der Großvater stand auf und öffnete die Pforte. Wir folgten dem Weg durch den Park, vorbei an einem Schuppen und einer Reihe Gewächshäuser, den Hügel hinauf zum Haupthaus. Plötzlich blieb ich stehen.

»Was ist?«, fragte der Großvater.

»Das Haus sieht aus wie die Stahlbaum-Villa.«

»Stimmt«, sagte der Großvater. »Fehlt nur der Pavillon.«

Wir fanden Dennis im Aufenthaltsraum des an allen Ecken und Enden knarrenden und ächzenden Hauses, in einem grauen Overall, mit einem Besen in der Hand, auf den er sich stützte, als er uns sah.

»Dennis«, sagte der Großvater und verneigte sich leicht.

Dennis' Augen flackerten und er lächelte. Ein müdes, unmerkliches Lächeln.

»Jerry«, sagte er. Sehr leise.

»Ich habe jemanden mitgebracht, der dich kennenlernen möchte«, sagte der Großvater. Er legte mir die Hände auf die Schulter. »Dennis«, sagte er feierlich, »dies ist mein Enkel Leo. Leo«, er verneigte sich leicht, »mein Freund Dennis.«

»Leo«, sagte Dennis und lächelte sein müdes Lächeln.

»Hallo, Dennis«, sagte ich.

Der Großvater kramte in der Jackentasche und reichte Dennis zwei Packungen Zigaretten und eine Schachtel Streichhölzer. Dazwischen klemmte ein zusammengefalteter Hunderter. Dennis sah sich verstohlen um. Dann ließ er die Zigaretten in seinem Overall verschwinden, je eine Packung pro Brusttasche. Die Streichhölzer und das Geld schob er in die Hosentasche.

»Kann ich sonst irgendwas für dich tun?«, fragte der Großvater.

»Ein Radio«, sagte Dennis. »Ich hätte so gern ein eigenes Radio.«

»Ich kümmere mich darum«, sagte der Großvater. »Sonst noch etwas?«

Dennis dachte nach. Sehr angestrengt. Dann fiel ihm der Besen ein, auf den er sich stützte.

»Ihr müsst entschuldigen«, sagte er und wies mit der Rechten auf den Besen in seiner Linken. »Ich muss fegen.«

»Klar«, sagte der Großvater. »Wir wollen dich nicht von der Arbeit abhalten. Mach's gut, mein Lieber.«

»Mach's gut, Dennis«, sagte ich.

Doch war Dennis schon damit beschäftigt, zu fegen. Der Großvater und ich traten den Rückzug an. Noch einmal sah ich mich um an der Tür: Und wieder stand Dennis am Fenster. Kopf und Arme auf den Besenstiel gestützt, summte er vor sich hin und sah nach draußen. Wir sprachen kein Wort auf dem Rückweg zum Auto. Stiegen ein, starteten den Motor und rollten vom Hof. Winkten dem Portier und bogen ab auf die Landstraße stadtauswärts. Fuhren eine Weile. Wortlos.

»Wohnen Dennis' Frau und das Kind immer noch in dem Haus?«, fragte ich schließlich.

»Nein«, sagte der Großvater. »Schon lange nicht mehr.« Er seufzte. »Eine Weile habe ich sie dort besucht. Regelmäßig. Dann sind sie weggezogen und wir haben uns aus den Augen verloren.«

»Du könntest ihnen schreiben.«

Der Großvater nickte.

»Tu mir einen Gefallen, Leo«, sagte er. »Leg mal eine Kassette ein.«

»Hank oder Caymmi?«

»Egal. Von mir aus auch Billie.«

Den Abend verbrachte ich damit, meine Sachen zu packen. Dann probierte ich die Hemden an, die der Großvater mir gekauft hatte. Ich zog das Jackett über, um zu sehen, welches der Hemden besser dazu passte. So stand ich vor dem Spiegel, in Jackett und Unterhosen, als es an der Tür klopfte.

»Augenblick«, sagte ich und griff nach der Jeans auf dem Stuhl, doch trat im selben Moment die Großmutter ein.

»Entschuldige«, sagte sie. »Deine Mutter ist am Telefon. Kannst du kurz –« Die Großmutter hielt inne. »Na, sieh mal einer an«, sagte sie.

Ich zog die Jeans an und schnallte den Gürtel fest.

»Da hat dein Großvater sich ja nicht lumpen lassen.« Die Großmutter betrachtete mich eingehend von allen Seiten. »Ich weiß noch heute, was ich anhatte bei meinem ersten Rendezvous«, sagte sie.

Ich war mir nicht sicher: Hatte der Großvater die Großmutter in die Geheimoperation eingeweiht oder war es das, was meine Mutter weibliche Intuition nannte, was die Großmutter ahnen oder vielleicht sogar wissen ließ, worauf das Ganze hinauslief. Jedenfalls sah die Großmutter ungewohnt träumerisch aus, wie sie so dastand und an ihre erste Verabredung zurückdachte.

»Wer war dein erstes Rendezvous?«, fragte ich. »Packebusch oder –«

»Mein erstes Rendezvous war weder Packebusch noch dein Großvater«, unterbrach mich die Großmutter. »Mein erstes Rendezvous hieß Arnold. Arnold Jander. Ein Junge aus meiner Klasse, für den ich schwärmte. Und er für mich. Wir gingen Eis essen zusammen unten im Dorf. Und schauten zusammen die Schaukästen draußen am Kino an, das es damals noch gab. Dann brachte er mich nach Hause. Pflückte Blumen für mich unterwegs. Eine Zeitlang trafen wir uns. Heimlich. Am Nachmittag nach der Schule. Hielten Händchen. Ganz unschuldig. Ein Kuss auf die Wange war das höchste der Gefühle. Dann, kurz vor Kriegsende, kam er nicht mehr in die Schule. Von einem Tag auf den anderen. Ich wusste, was das bedeutete.«

»Darf ich stören?«, fragte der Großvater und steckte den Kopf ins Zimmer, zwischen Tür und Türspalt. »Ich habe mit deiner Mutter gesprochen –«

»Ach Gott, ja«, sagte die Großmutter und schlug die Hand vor den Mund.

»Ich habe ihr gesagt, dass ich vorbeikomme morgen Nachmittag und deine Sachen vorbeibringe. Und dass du gegen Abend nachkommst.« Er räusperte sich. »Du weißt, dass du dich jederzeit in den Zug setzen kannst, Leolino«, sagte er. »Falls dir zu Hause –« Er rang nach den richtigen Worten. »Ich meine, falls du –«

»Was dein Großvater sagen will«, sagte die Großmutter, »Du bist hier immer willkommen. Nicht nur in den Ferien.«

»Ja«, sagte ich. »Danke. Ich weiß.«

Die Großmutter kam noch einmal, später am Abend, um mir gute Nacht zu sagen. Sie setzte sich auf die Bettkante.

»Ich werde morgen früh nicht da sein«, sagte sie, »weil ich versprochen habe, Marie Opsahl beim Marmeladeeinkochen zu helfen.«

Sie sah mich an. Mit fast flehendem Blick. Als wollte sie sichergehen, dass ich ihr die Ausrede nicht nachtragen würde. Ich nickte. Und flog der Großmutter im nächsten Moment um den Hals. Tränen liefen mir die Wangen hinunter. Und auch die Großmutter weinte nun. Leise und unmerklich. Verstohlen wischte sie sich die Tränen von der Wange. So saßen wir da, eine ganze Weile. Dann stand die Großmutter auf, kramte ein Taschentuch aus der Schürze hervor, schnäuzte sich und lächelte.

»Du musst nicht glauben, dass ich nicht weiß, was dein Großvater für ein Mann ist«, sagte sie. »Und ich weiß auch, wie er mich nennt, wenn ich nicht dabei bin.« Sie lachte. »Gute Nacht, Leo«, sagte sie und löschte das Licht.

Letzte Worte

»Seltsam, Leolino. Es sind nicht die großen Bögen, an die man sich erinnert. Es sind die unwichtigen Dinge. Scheinbar unbedeutender Kleinkram, der hängen bleibt, je älter man wird: Die weiße Kerze auf dem Zitronenkuchen mit der Zwölf drauf, die brennt, als einzige, auch nach dem dritten Pusten. Der Falter auf den Vorhängen, die ins Zimmer hineinwehen. Das Buch auf dem Nachttisch, in dem der Morgenwind die Seiten umblättert. Das Mädchen in der orangefarbenen Strickjacke, das die Strandpromenade hinunterflaniert, mit einem grünen Regenschirm in der Hand, den sie mit einem Klacken auf den Boden aufsetzt, bei jedem Schritt, als wäre der Schirm ein Wanderstock. Scheu lächelt sie mich an, im Vorbeigehen, und streicht mit der freien Hand eine Strähne aus der Stirn.«

»Ich habe immer gedacht, Altwerden ist eine Art Reise. Eine Reise, die ewig dauert. Bis nicht mehr viel übrig ist von dem, der man am Anfang war. Und in gewisser Weise ist das auch so. Doch trotz all der Jahre, die vergangen sind, all der Dinge, die man erlebt hat, all der Erinnerungen und Veränderungen in einem selbst und um einen herum, bleibt man im Kern doch immer der kleine Junge, der man war, als die Mutter zum ersten Mal das Märchenbuch aufschlug, um daraus vorzulesen, an einem kalten, verschneiten Winterabend. Der kleine Junge, den der Vater an die Hand nahm, an einem nassen Tag im Mai, bevor er das erste Mal das Fahrrad aus dem Schuppen holte, um ihm das Fahren beizubringen. Der Junge, der abends im Bett lag, mit all seinen Ängsten und Träumen und Wünschen, der sich verliebte, das erste Mal, ganz so wie du jetzt, mit elf Jahren, in Alma, ein Mädchen aus dem Nachbardorf, das immer lächelte, wenn wir uns sahen, etwas scheu, geheimnisvoll und schön, als wüsste sie, in ihrem tiefsten Innern, dass wir füreinander bestimmt waren. Der Junge, der an Almas Grab stand, allein, am Tag nach der Beerdigung, einen vom sauer Ersparten gekauften Strauß Blumen in der Hand, nachdem sie mit dreizehn Jahren gestorben war, an Leukämie. Alles ungesagt Gebliebene wie ein Stein im Bauch, ein Druck auf der Brust, ein schwarzer Fleck im Kopf und im Herzen. Der Junge, der sich so sicher gewesen war: Sterben tun immer nur die anderen, die Alten und Schwachen und Kranken, aber nicht ich, niemals ich.«

»Ob ich an Gott glaube? Ganz bestimmt glaube ich nicht an den weißbärtigen Weihnachtsonkel hinter den Wolken. Aber ja, an Gott glaube ich. Gott, Leolino, ist Wissen. Nicht das schnöde Wissen der Menschen. Das Wissen der Tiere, der Pflanzen, der Bäume und Blumen und Blätter. Das Wissen jedes einzelnen Sandkorns, jedes Regentropfens, jedes Steinchens am Wegrand. Abertausend Jahre alt und für den Menschen nicht einmal im Ansatz zu begreifen.«

»Freiheit? Was ist schon Freiheit?«

»Ja, was ist Freiheit, Monette?«

»Das weißt du besser als ich, Monette. Freiheit ist loszulassen. Nicht zu sehr an etwas zu hängen. Jemanden sein zu lassen, wie er ist. Nicht so, wie man ihn haben will. Die meisten Leute wollen, dass du so bist oder so wirst, wie sie selbst sind.«

»Alles, was ich über das Leben weiß, habe ich selbst herausgefunden. Niemand hat mir je etwas beigebracht. Außer vielleicht Hank und Billie. Beide hatten kein Glück in der Liebe. Beide waren alkoholabhängig. Beide sind weit vor ihrer Zeit von uns gegangen. So weiß ich jedenfalls, wie man es besser nicht machen sollte.«

»Für dich, Leolino, ist Hank ein Geist. Für mich ist er wirklich. In jedem Moment. Das ist der Grund, warum ich all das hier auf mich nehme. Weil er immer da ist, dort, wo ich bin. Das Studio, in dem Hank seine Platten aufgenommen hat, ist mittlerweile verschwunden. Das Aufnahmegerät ist kaputt, das Mikrofon wurde weggeschwemmt, als der Fluss über die Ufer trat und die Stadt überflutete. Der Mann, der die Aufnahme gemacht hat, liegt längst auf dem Friedhof. Die Autos, in denen die Band zum Studio fuhr, stehen auf dem Schrottplatz. Den Anzug, den Hank trug, hat die Heilsarmee geholt. Seine Gitarre ist in irgendeinem kalten Winter als Brennholz verwendet worden. Dort, wo das Haus stand, in dem das Studio untergebracht war, steht nun ein Supermarkt. Selbst die Straße vor dem Gebäude ist nicht mehr die, die sie damals war. Aber Hanks Stimme ist es noch immer. Und seine Songs. Sie sind überall. An jedem Tag. In mir und um mich herum.«

»Alles in allem ist es eine Freude, hier zu sein, trotz aller Sorgen und Schwierigkeiten und Streitereien. Es gibt keinen Ort, an dem ich gewesen bin, an den ich nicht wieder zurückkehren könnte, wenn ich es wollte. Keine verbrannte Erde irgendwo auf der Welt. Weil ich nie versucht habe, irgendjemanden zu verändern. Schon gar nicht nach meinem Vorbild. Oder Ebenbild. Im Grunde war ich immer zufrieden damit, einfach nur da zu sein. Ein Teil des Ganzen. Ohne große Ambitionen. Ohne große Erwartungen. Da ich nicht davon ausgehe, in den Himmel zu kommen, ist diese Welt, trotz all ihrer Fehler, wahrscheinlich das Beste, was einem kleinen Licht wie mir passieren kann.«

»Schlussendlich ist alles relativ. Sagte schon Einstein. Manchmal fühle ich mich wie zwölf, manchmal wie zweiundachtzig. Da nützt alle Arithmetik der Welt nichts. Im Übrigen war ich in Mathe immer eine Niete. Wenn ich eins weiß, dann dies: Du kannst Mathe auf alles anwenden, Leolino, nur nicht aufs Leben.«

»Du klingst wie ein alter Mann, Jerry.«
»Ich bin ein alter Mann, Monette.«
»Du bist 56.«
»Ich bin 55.«

LILIA

Der Tag verlief wie jeder andere. Wir gingen Kaffee trinken im *Café Kreitz*. Wir statteten Schmidtchen einen Besuch ab, die mir zum Abschied Schokolade schenkte und mir alles Gute wünschte.

»Ist ja nicht aus der Welt, der Junge«, sagte der Großvater, bevor er mich aus der Tür schob.

Dann machten wir Kundenbesuche. Ein letztes Mal ging es hinaus aufs Land. Ein letztes Mal ließ ich den Blick schweifen, in voller Fahrt. Und für einen Moment war es, als erhöbe sich die Landschaft vor meinen Augen, als sähe ich sie noch einmal neu, mit anderem Blick, als hielte ich sie fest, für immer, in einem einzigen ewigen Schnappschuss. Zuvor, so wurde mir klar, war das Land in all seiner rotstichigen Schönheit nicht mehr gewesen als eine Kulisse, vor der sich die Dinge abspielten. Etwas, das da war. Wie selbstverständlich. Etwas, das mich einhüllte und tröstete: Der süße, flirrende, orange Dunst eines langen, späten Augustnachmittags. Die sanften Muster der einfallenden Dämmerung. Das Licht- und Schattenspiel der Straße, wenn der Wind die Wolken am Himmel bewegte. Die feingliedrigen Lichtgespinste zitternder Blätter auf geweißten Hauswänden. Das verwaschene Gold und Purpur und Violett des Horizonts im Moment vor dem Sonnenuntergang. Das helle und dunkle Grün der Bäume, in deren Wipfeln sich die letzten Sonnenstrahlen des Tages verfingen. Die glühenden Dächer und Scheunen und Scheunentore. Die Heuschober und Wettermasten, die singenden Drähte und krähenden Hähne. Die quer an Hauswänden hängenden Holzleitern mit ihren verbogenen Holmen und Sprossen. Die rot-weiß gestreiften Schranken, die sich schlossen, beim steten Klingeln einer Glocke, an schläfrigen Bahnübergängen. Dann, plötzlich, war die Landschaft in mir. Und nicht nur das: Ich wusste, sie würde für immer in mir bleiben. Wie eine Postkarte, vergessen auf der Ablage unter der Heckscheibe, würde sie sich verändern, im Laufe der Jahre, im Wechsel der Jahreszeiten. Ausbleichen. Nach und nach. Ausfransen. Mit Wellen an den Rändern. Und einer Briefmarke oben in der Ecke, die sich abzulösen beginnt. Doch wäre sie immer da, an ihrem Platz unter dem Fenster, zwischen den alten *Spiegel*-Ausgaben und *Jerry-Cotton*-Heften, den Landkarten und liegengebliebenen *Lucky-Luke*-Alben, der zerknautschten leeren Zigarettenpackung mit dem schwarzen Katzenkopf, den zerklumpten Zuckerbeutelchen, die der Großvater morgens bei *Luciano* einsteckte. Immer wäre sie da. Solange ich lebte. In mir.

In der Wohnung des Großvaters zog ich mich um. Im Laufe des Tages war meine Aufregung immer weitergewachsen. Inzwischen zitterten mir die Hände so sehr, dass ich kaum die Hemdknöpfe schließen konnte. Ich zog die Jeans an, die Schuhe, schließlich das Jackett, in dessen Innentasche ich einen Brief fand. Darin: ein Zwanziger. Und ein Zettel vom Küchenblock der Großmutter:

> *»Damit lädst du deinen Schwarm zum Eis ein.*
> *Dies ist ein Befehl!*
> *Dein Feldwebel«*

»Fünf vor vier!«, rief der Großvater, der in der Küche saß und eine Zigarette rauchte.

»Moment noch!«

Ich warf die Sachen, die ich ausgezogen hatte, in die Papiertüte, in der das Jackett gewesen war, und schob die Tüte mit den Tartufi, die ich vor Wochen bei *Kramer* gekauft hatte, in die Seitentasche des Jacketts. Dann trat ich hinaus in den Flur.

»Alles klar?«, fragte der Großvater und öffnete die Wohnungstür.

»Alles klar«, sagte ich.

»Gut siehst du aus«, sagte der Großvater und ließ mir den Vortritt.

»Danke«, sagte ich und blieb stehen, auf Augenhöhe mit dem Großvater.

Wir sahen uns an.

»Danke«, sagte ich schließlich noch einmal, mit belegter Stimme.

»Wofür?«, fragte der Großvater.

»Für alles.« Ich nahm die ersten Treppenstufen. Dann blieb ich stehen und drehte mich noch einmal um. »Ich hoffe nur, sie kommt.«

»Das wird sie«, sagte der Großvater und schloss die Tür.

»Den Rest laufe ich zu Fuß«, sagte ich, übers Autodach hinweg, als wir unten angekommen waren.

»Wir nehmen das Auto«, sagte der Großvater sehr bestimmt und öffnete die Fahrertür. »Ein Gentleman lässt eine Dame nie warten.«

Ich hatte die Tür noch nicht geschlossen, als der Großvater schon Gas gab. Er beugte sich vor, drehte den Kopf und sah auf zur Kirchturmuhr.

»Wird knapp«, sagte er.

Wir fuhren um die Stadtkirche und das Rathaus herum Richtung Marktplatz.

»Lass die Tüte mit den Klamotten einfach stehen«, sagte der Großvater. »Bringe ich nachher zusammen mit den anderen Sachen zu deiner Mutter.«

Ich nickte. Und dachte an nichts anderes als an Lilia: War meine Karte angekommen? Würde sie da sein? Was würde sie sagen? Was sage ich? Was, wenn sie nicht käme? Die Kirchturmuhr begann zu schlagen.

»Vielleicht schaffen wir es vor dem letzten Glockenschlag«, sagte der Großvater und bog um die Kurve.

Ich zählte die Schläge: Eins. Zwei. Drei. Mit quietschenden Reifen kamen wir zum Stehen. Beim vierten Schlag. Ich sah sie sofort. Lilia Kronstad. In einem kirschroten Kleid, das ihr bis zu den Knien reichte, schön wie der Sommer selbst, der ihr ein paar helle Strähnen ins kastanienbraune Haar geflochten hatte. Sie wartete. Sich nach allen Seiten umsehend. Am Marktbrunnen. Auf mich.

»Da ist sie«, sagte der Großvater.

»Ja. Da ist sie«, sagte ich und öffnete die Tür. Zog das Jackett aus, weil es so heiß war. Sah, wie sie sich umsah. Sah, wie sie mich sah. Mit einem Lächeln, das die Zeit anhielt. Und den Lauf der Welt.

Danksagung

Dieses Buch spielt dort, wo es entstanden ist: In der Lüneburger Heide.

Mein besonderer Dank gilt der Stadt Soltau für die erneute Ermöglichung eines mehrwöchigen Aufenthalts im Soltauer Künstlerappartement sowie der RWLE-Möller-Stiftung, unter der Federführung Oskar Ansulls, deren großzügiges Stipendium geholfen hat, es zu dem zu machen, was es ist:

eine Reise mit leichtem Gepäck.